砂漠の王子と偽装花嫁

Ayano Saotome
早乙女彩乃

CHARADE BUNKO

Illustration

兼守美行

CONTENTS

【1】


アラビア半島の内陸部、乾燥地帯に位置するマハール王国は国家面積が約四千平方㎞ほどのアラブ首長国連邦に属する小規模な多民族王政国家だ。

主権を握っているのは歴史的に長い間、勢力を堅持してきたタウフィーク王家で、現在は王家一族と一般市民からなる議会の代表が中心となって国家統治を行っている。

だが今から五年前、異民族間での小競り合いから発展した内部紛争は二年間続いてようやく終結した。

マハール王国は紛争が起こるまでは綿花での産業を主とする平穏な国家だったが、紛争終結直後、砂漠地帯から複数の油田が発掘され、さらにはレアアースなどの希少な鉱物資源も見つかった。

発掘を指揮したのは、紛争後にイギリス留学から帰国したアジャフ国王の嫡男《ちゃくなん》、シャリフ王子だった。王位継承権第一位であるシャリフ王子は眉目《びもく》秀麗で魅力的、かつ人目を引く容貌《ようぼう》をしている。

中近東特有の浅黒い肌に艶《つや》のある黒髪、涼しげな瞳《ひとみ》は母親譲りのパープルカラー。厚みのある唇は引き締まっていて、表情によってその肉感的な唇が彼の色香を引きだしたり、また逆に知的に見せることもあった。

ただシャリフは感情を表に出すことは少ないため、整いすぎた容貌が冷たい印象を周囲に与えているのは否めない。

彼が長身で逞《たくま》しい筋肉質な体軀《たいく》をしていることも、他人に威圧感を与える要因になっているのかもしれないが。

幼少期から徹底した帝王学と英才教育を受けていたシャリフ王子は、イギリスのオックスフォード大学に十七歳で合格して渡英した。

不幸にも彼が留学した一年後にマハールで内部紛争が起こったが、シャリフは勉学を重ね、飛び級でわずか三年後、弱冠二十歳《はたち》で法学修士号を得て卒業。

紛争が終わった直後に帰国した。

やがて留学で得た幅広い分野の知識を駆使したシャリフが、欧米から優秀な地質学者を招いて砂漠地帯を調べさせると、なんと複数の油田が発見される。

その後は原油高もあいまって王国は急速に富を得、一気に近代化の道を歩んでいった。

油田発見から三年後、もうすぐ二十三歳になるシャリフ王子は、新たな原油取引先を新天地の日本に求め、商談のため都内に本社を構える平成《へいせい》シャル興産本社を訪れていた。

同行者はタウフィーク王家の若手顧問弁護士ザーヒル、国内石油会社の法務部長と通訳だ。

シャリフは日本語は堪能だったが、法的な専門用語など不明な点もあって通訳を同行させている。

シャリフが訪日して三日目。数日にわたる交渉は大づめを迎えていたが、すでにイランの原油会社との取引を主としている平成シャル興産の牙城《がじょう》を崩すのは容易《たやす》くないようだ。

ついにシャリフは、最終の交渉に打ってでる。

「そう言えば御社は近年、太陽光発電事業の一環で電気自動車の開発に成功されたとか」

その情報は、平成シャル興産にとってはトップシークレットだった。ガソリンで走る元来の自動車と違い、電気自動車は構造が比較的安易で多企業が参入する厳しい業界だった。

「ほう、どこからその情報を？　四《よ》ツ井《い》総研ですか？」

今の返答で、シャリフは平成シャル興産が使う情報会社を上手く聞きだした。

「我々の情報収集スタッフは優秀ですからね。そこで、別の商談の話を少しさせてください」

シャリフは肩を入れるように身を乗りだすと、ここが勝負とばかりに話を切りだす。

「我が国は現在、遺跡の修復を急ぐとともに観光産業にも力を入れています。外国からの観光客は年々増加し、そこで来年、公用タクシーを走らせようと考えているのですが、そこに御社の電気自動車を採用させていただけないかと思います」

さらにシャリフ王子は、公的な施設にも太陽光パネルを取りつけたいと持ちかけた。決まれば取引総額は二百億円をくだらない。平成シャル興産は首を縦に振る以外ないだろう。

シャリフの情報収集力の成果でその後の交渉は順調に進み、その日のうちに大筋合意にいたった両社は、明日以降、詳細な取り決めを行うこととなって解散した。

ホテルに帰る黒塗りのリムジンの中、彼らはさっそく、祝杯のシャンパンを開けた。商談には今後、一週間ほどの日程を要する。法的な取り決めに時間がかかるからだ。その調整が終わって、互いに合意点を摺《す》り合わせてから契約は双方合意のもとに締結される。

都内の高級ホテルの最上階スイートに戻ったシャリフを待っていたのは、ペットシッターの女性だった。

今回の訪日に、シャリフは可愛《かわい》がっているゴールデンレトリバーを連れてきていて、ホテルの部屋でシッターを頼んでいたが、少し前から急に体調が悪くなり、立ちあがることもできなくなったという。

血相を変えたシャリフは、すぐにザーヒル弁護士に命じて、都内のある動物病院で診《み》てもらうことになった。

実は今回の訪日には、もう一つ重要な目的があった。

動物病院に向かう車内で、シャリフは密やかなつぶやきをこぼした。

「こんな偶然があるとはな。計画より早い実行になったが、天は私に味方しているらしい」

車で十分ほどの距離に、その動物病院はあった。

時間的に診察はとうに終了していたが、当直の獣医師一人と補助の獣看護士が対応した。

シャリフが処置室に入ると、そこにはずいぶん若い獣医師の姿がある。

まるで値踏みするように、彼を足元から頭まで不躾《ぶしつけ》に眺めた。

目の前に立った感じから予想する獣医師の身長は、百八十五センチのシャリフより頭一つほど小さく、体格は細身。

日本人の多くがそうであるように肌はきめ細かく整っていて、東洋人にしては色白だ。

髪と瞳は同系色の、少し明るい飴茶《あめちゃ》色。

奥二重の目は大きすぎず、小さな鼻は綺麗《きれい》に筋が通ってつんと尖《とが》った印象を与える。

赤みが強いふっくらとした唇が、中性的な印象を演出していた。

それにしても、実際の彼は資料で見た写真よりさらに若く見える。

研修医にも見える彼の容姿を見て、シャリフはあからさまに疑わしい目を向けた。

『大丈夫です。研修生ではありません。こう見えても今年で二十六歳になりますから、獣医師になって二年目です』

視線の意味するところを察知した青年が、先に口を開く。

まるでシャリフの心を読んだような言葉だった。

そして彼が発したのは、綺麗な発音の英語で。

『それで、あなたのことはシャリフ王子とお呼びしたらいいのでしょうか？　あと、私はアラビア語は話せないので、会話は英語でかまいませんか？』

「いや、日本語でいい」

ところが、シャリフが流暢な日本語で返事をすると、彼は驚いたように目を見張り、すぐに母国語で返事をした。

「日本語……お上手なんですね？」

「あぁ、日本には商談で来ているので。それに、父が大変な親日家だった」

「そうですか。私は獣医師の片桐《かたぎり》といいます。今夜は院長の柏原《かしわばら》が不在ですので、私が担当させていただきます」

青年が相手を安心させるような穏和な笑みを向けたとき、王子は驚いたように短く息を飲む。

「……お前、似ている」

シャリフは初対面の相手に対し、なにか胸中で思ったことをつい声に出してしまったような感じを受けたが、芳那には今の言葉がよく聞き取れなかった。

「それで、私はあなたをシャリフ王子と呼ばせていただいたらよろしいですか？」

「あぁ、かまわない。君のファーストネームを教えてくれないか？」

「……芳那《よしな》、です」

「では芳那、獣医師としての腕はたしかなのか？　わたしの愛犬を治療して、なにか問題でも起こせば訴訟に発展することを念頭に置いて仕事をしてもらおう」

突然、傲慢《ごうまん》で高圧的な物言いをされて耳を疑った芳那だったが、相手が一国の王子であることを考えればそんなものかと納得して受け流すことにした。

たとえ飼い主が王子だろうが王様だろうが、そんなことは治療に一切関係ない。

ケガをしたり病気をした動物を平等に治療するのが獣医師の使命だと、芳那はいつも思っているからだ。

それが自分の主義だから、物怖じしないで自らの姿勢を相手に示した。

「もちろん治療には全力を尽くします。私は獣医師だから、いつもどんな動物にもベストで挑んでいますからね。それをご理解いただけたら処置室から出ていってもらえますか？　過保護な飼い主ほど邪魔なものはありませんから」

規模は小さいながらも一国の王子として生きてきて、シャリフは相手にこんな失礼な返答をされたのは初めてだった。

イギリス留学中も、周囲は自分を王子として認識して敬意を払って接してくれた。

だから今の芳那の態度に憤りを覚えながらも、シャリフは逆にその対応を新鮮にも感じる。

「あぁ、待ってくださいシャリフ王子、退室する前にこの子の名前を教えてもらえますか？」

芳那がゴールデンレトリバーの美しい金色の毛並みを撫《な》でながら尋ねる。

「……………ラーミゥだ」

「ラーミゥ。響きのいい名前ですね。アラビア語？」

「あぁ。—輝ける者—という意味だ」

「へぇ、なんだかぴったりだ。この子、本当に全身が金色で眩《まぶ》しいくらい綺麗だから」

実は芳那の母親は、癌《がん》で少し前に他界していた。

そのせいか、ここしばらくは精神的にまいっている。

だから弱って苦しそうな目の前のゴールデンレトリバーを、心から助けたいと思った。

「なぁ、安心していいよ。シャリフ王子。私は治療に全力を尽くす。絶対に助けるから信じて待ってて欲しい」

その真摯《しんし》で凛《りん》とした笑顔が、なぜかシャリフの胸に小さな種火をともす。

最初こそ小さい種火は、少しずつ揺らぎながら、やがて大きな炎となってすべてを焼きつくすこともある。

　このときのシャリフは、まだそんなことにも気づかなかった。


シャリフの飼い犬、ラーミゥの状態は思わしくなかった。

今も全身を痙攣《けいれん》させていて、すぐに血液検査とCTの撮影を行った。

その結果を照らし合わせた上で、芳那は最終的に尿毒症という診断をした。

CTの画像から痙攣の原因は尿管結石であることを突き止めたからだ。

しかし、尿毒症はすでに進行していて一刻を争う状況で……だから早急に決断をくだす。

シャリフを処置室に呼んで緊迫した病状のすべてを説明し、すぐに外科手術を施して結石を取りだす他《ほか》に助かる見込みがないことを伝えた。

「……わかった。だが、もう開腹しか方法がないのか？」

「今回に限っては開くしかないでしょう。もう少し結石が小さい場合は投薬で溶解治療もできるし、その次の段階として超音波をあてて粉砕する方法もあるけれど、今回の結石は大きすぎる。今は一刻の猶予もないので」

「それほど、ひどい状態なんだな？」

「ええ。あなたの国、マハール王国の獣医師は、ここまで病状が進行する前に気づかなかったのでしょうか？」

「……とても残念なことだが、我が国には優秀な獣医師がまだいないというのが現状だと言わざるを得ない」

「なるほど。でも今は本当に時間がない。尿毒症は症状がひどくなった場合は時間との勝負です。治療が遅れるほど命を落とす確率は高くなる」

芳那の説得に、シャリフもすべてを信じて任せるしか選択肢はないと判断した。

「わかった。ラーミゥはわたしが子供の頃から一緒にいるパートナーだ。だから家族と同じなんだ。芳那、今はおまえを信じて任せる。すぐに手術を行ってくれ」

シャリフは芳那の手を取ると、両手で強く握って願いを込める。

「ええ、最善を尽くすので、信じて待っていて欲しい」


その後、手術は約二時間ほどで終わった。

芳那の的確な診断と素早い対処で、ラーミゥの命は助かった。


シャリフの飼い犬、ラーミゥがこの動物病院に入院して、今日で丸三日が経《た》っていた。

手術のあと、麻酔から覚めたラーミゥは機嫌よく飼い主に向かって鳴いてみせた。

尻尾《しっぽ》をちぎれるほど振って、嬉《うれ》しそうにする姿を見てシャリフは目を見張った。

最近、愛犬に元気がないのは高齢のせいだと思っていたが、その不調の原因が実は尿管結石だったとわかり、昔のように威勢よく尾を振る様子に心から安堵《あんど》した。

すっかり元気を取り戻した愛犬を見て、シャリフは手術を施した芳那を本当に信頼することができた。

ラーミゥは病院の二階にある個室の一つに入院していたが、飼い主のシャリフは毎日、ここにやってくる。

芳那も終業後に個室を訪れては、二人で話をするのが日課のようにうちとけていた。

今日も診療時間が終わって、芳那が個室にいるラーミゥを診に行くと、すでにシャリフが病室に来ていた。

「今日はずいぶん早いんだな？　商談ってのは上手くいっているのか？」

「あぁ、ようやく契約書を交わした。あとは細かな取り決めだけだから弁護士に任せてきた。それに、ラーミゥが心配だったからな」

最初から本音で話ができた二人は、だからこそすっかり顔しくなっていて、毎日とりとめのない話に花が咲く。

「芳那は、どうして獣医師になったんだ？」

「あぁ、うん。実は……俺の母はシングルマザーなんだ。だから子供の頃は父親がいないことが寂しくて……」

「失礼だが……お父上は、亡くなったのか？」

「いいや。母の話だと、その……父とは結婚しなかったみたいだ」

父と交際して別れた直後に妊娠がわかって、母は一人で芳那を産んで育ててきたらしい。

それ以来、一度も会ってはいないようで、父親は子供の存在すら知らないのだという。

「それは……寂しかったな」

「うん。でも……うちで飼っていた柴犬がいつも俺を励ましてくれたんだ。精神的に不安定になっても、動物はそういう空気を読んで寄り添ってくれる。俺とその柴犬は親友だった」

過去形だった。

「今は？」

「うん…死んだんだ…病気で。多分高齢が一番の原因だと思うけれど、他に助ける方法はあったかもしれないって当時とても悔やんだ。だから俺は獣医師を目指そうと決めたんだ」

「……そうだったのか」

なぜシャリフが自分のことを聞きたがるのか不思議な気がしたが、いやじゃなかった。

「でも……芳那の母親のことだが、なぜ……子供ができたことを話して結婚しなかった？」

「うん。俺も気になって訊いたら、本当に好きな人が別にいるから結婚しないと言ってた」

もう二度と会えない遠い場所にいる人だと母が話していたと芳那は答えた。

「だから母は亡くなる間際まで、もう一度だけその人に会いたいって何度も話してたよ」

「芳那の母親は亡くなっているのか⁉」

「最近、癌で他界したんだ」

それを聞き、しばらく苦い顔でなにかを思案するような表情を見せたシャリフだったが、やがて静かに答えた。

「きっと今頃、天国で会えているんじゃないか？　その好きな人に」

「え？　そう…かな。うん………そうだといいな」

「なぁ………芳那は、やっぱり似ている」

「ん？　なに。それって、シャリフと最初に会ったときも言っていたよな。俺は誰《だれ》に似ているんだ？」

「お前は、わたしの父が、本気で愛した人にそっくりだ」

「シャリフの……お父さんが愛した人？　………それって、つまり王妃様ってことだよな」

「違う、わたしの母じゃない。父が心から愛した人だ」

芳那は少し逡巡《しゅんじゅん》してから訊いた。

「複雑だな。シャリフのお父さんも、愛した人とは結婚できなかったんだ。でも、王様だったら望めばなんでも、誰だって容易に手に入るんじゃないのか？」

少し茶化したように訊くと、シャリフは視線を外して吐きだすようにこぼした。

「王様なんて、そんな単純で恵まれたものじゃない」

その顔がなんだかとても寂しそうで、芳那は少し悪いことを訊いたような気になった。

「ごめん……」

実際、世の王族や皇族を見ていても、いろんなものに縛られて窮屈そうな印象があることを思いだす。

会話がとぎれてしまい、訪れた沈黙が重苦しくて、芳那は違う方向に話を進める。

「なぁ。話は戻るけど、俺が似ているって言う、シャリフのお父さんが愛した人は、当然、女性だよな？」

「そうだ」

なにをあたり前のことを訊くのかという顔でシャリフは片眉《かたまゆ》をあげるが、芳那は少し意に染まない顔になった。

「あのさぁ。俺、今までも女性的な顔立ちって言われたことは何度かあるけれど、こんな面と向かって女の人に似てるって言われると微妙かも。俺ってそんなに女性っぽい？」

目の前の芳那の言動には、微塵《みじん》も女々しいところなどない。

芳那自身、母の影響でピアノが弾けてその腕は相当なものだが、今どき、男でピアノを弾けることもめずらしくないだろう。

むしろ芳那の潔い態度や明快な物言いなどは、限りなく男性的と言ってもいいくらいだ。

「いいや。芳那はとても男らしい」

「そっか。そうだよなぁ……よかった」

目を三日月の形にした芳那が、満足そうに笑う。

「芳那は男らしいが……でも、お前の外見は……とても可愛い」

真面目《まじめ》な顔でそう重ねて告げられて、芳那はもう怒る気力もなくして逆に吹きだした。

「あははは！　王子様って面白いなぁ。どこかが間違ってる気がするけど。なぁ、もしかして悩み事とかある？　よかったら俺のドッグセラピーでも受けてみるか？」

なぜ笑われるのか今一つ解せない様子のシャリフだったが、初めて聞く名詞を繰り返した。

「ドッグセラピー？」

「あぁ。俺は獣医学部に通っているとき、ドッグセラピーも学んで資格を取ったんだ」

ドッグセラピーというのは、精神的に不安定な状態の人に寄り添い、その心のケアをセラピードッグと一緒にする治療のことで、米国ではすでに一般的に知れ渡っている。

現在日本では、老人介護施設や医療現場、障害者施設、児童施設などでも受け入れられて、顕著な成果をあげつつある精神的治療の一環だ。

「三年前まで、わたしの国では内部紛争があった。街で見かける子供たちの表情は今は明るいが、心の中には辛《つら》い記憶を残しているように思う。でも、日本にはそんな治療法があるんだな。わたしの国にもそういう心のケアが必要かもしれない」

「うん。海外派遣もできる国際セラピードッグ協会っていう公式な機関もある。でもその前に、お前のその、マハール王国だっけ？　そこに良質な獣医師を確保する方が先決だな」

そう言って破顔する芳那を、シャリフは目を細めて眺める。

芳那にはなぜかその視線が妙に熱っぽく思えて、居心地《いごこち》悪そうに首を傾《かし》げた。

「なぁ、なんで……そんなに俺のこと見るの？」

ストレートに訊いてみる。

「すまない。どうしてだろう。お前の笑顔を見ていると……妙に心臓が騒ぐ」

「は？　ふふ。なに？　シャリフって、本当にどうかしてるよな」

肩をすくめてジョークにした芳那だったが、相手の視線に含まれる微熱を感じ取ってしまう。

「あぁ、すまない。ドッグセラピーのことは考えておくよ。ところで芳那。お前、恋人はいないのか？」

引き続いての唐突な質問に、今度こそ本気で芳那は目を丸くすると、不審な視線を送ってしまった。

アラブ人の思考回路はどうなっているのか、本当によくわからないと苦笑が漏れる。

「そんなことに答える必要があるのか？　どうして俺の恋人のことなんて訊くんだ？」

「……そうだな。芳那はとても綺麗な顔立ちをしている。わたしは嗜好《しこう》がはっきりしている方だが、お前の顔は本当に好みだからだ。女なら間違いなく口説《くど》いていた」

奥ゆかしい草食系日本男児は、たとえ女性相手だとしても間違ってもこんな発言はしない。

すでに口説かれている気分にさせられた芳那は、なぜか頬《ほお》が熱くなるのを意識した。

不思議なことに、このイケメンなアラブの王子様が相手だと、女性を口説くようなセリフを言われても、まんざらでもない気になってしまうらしい。

「ふ～ん。だったら俺、男でよかったのかもな？　シャリフに口説かれても困るし」

ちょっと気持ちが揺らぎそうだと本気で考えてしまい、芳那は口元を笑みの形に歪《ゆが》めてそう言った。

「いや、そうでもないぞ。マハールでは男でも、国王の正室にも側室にもなれるんだ。実際、過去にもそういう事例が何度もあったからな」

予想も追いつかない真実を聞いて、芳那は今度こそ度肝を抜かれた気分になる。

「はぁ～、さすがはアラビアンナイトの御伽《おとぎ》の王国だ。男でも正室になれるなんて！　そう言えば、シンドバッドには何人の奥さんがいるんだ？」

からりとした雰囲気に変えて、そう茶化した。シンドバッドが実在したかはわからないが。

「お前……それはわたしが、ヤマトタケルに息子は何人いると訊くのと同等の質問だな」

シャリフの応酬に、芳那は肩を細かく揺すって笑った。

ここ数日の間、芳那はシャリフからマハール王国に移住し、獣医師をして欲しいと何度か誘いを持ちかけられていたが、もちろん断り続けてきた。

それでもシャリフはあきらめきれない様子で、せめて治療を終えたばかりの愛犬、ラーミゥが完治するまで、優秀な獣医師のいないマハールに滞在して欲しいと粘り強く頼み込む。

その後、石油取引の商談も無事にまとまり、シャリフの帰国が三日後に迫っていた。

マハールに行くことを熟考した芳那だったが、しばらく院内で治療したラーミゥに愛着も湧《わ》いていたのと、やはり経過が心配という理由から、期限つきならばとその申し出をようやく承諾した。

もちろん、突然のことで芳那は院長にも相談した上での結論だったが、どうやら裏でシャリフ側の弁護士が上手く立ちまわっていたようで、相当額の謝礼が動いた結果のようだった。

三日間で芳那は急いで渡航準備を整え、院内ではぬかりなく引き継ぎを行い、その間にシャリフは自国の動物診療所となる施設を整えると芳那に伝えた。

そして今日、一週間の入院から無事に快気し退院を迎えたラーミゥのために、シャリフはかなり上乗せした治療費と多額の謝礼を支払った。

動物病院の玄関の前に黒塗りの豪華なリムジンが止まるのもこれで最後だが、今日は後部席に芳那も一緒に乗り込んでいる。

車はそのまま空港に向かい、彼らはマハール王国専用ジェットに機上して日本を離れた。

初めての豪華な車、初めての専用ジェット、ＶＩＰ待遇されることに慣れない芳那だったが、疲れがたまっていたのか、離陸してすぐにシートで眠りに落ちてしまった。

【2】

～　二十八年前　～

片桐百合子《ゆりこ》は、日本屈指の大手貿易会社で社長秘書をしている才女だ。英語、フランス語、ポルトガル語、そしてアラビア語と、数カ国語を自在に操り、有能な秘書として重役からの信頼も厚い。

色白できめの細かな美肌の持ち主の彼女は、涼しげな目元とすっと伸びた鼻梁《びりょう》がまるで博多人形《はかたにんぎょう》を連想させるような古風な顔立ちの日本美人。

某有名国立大学英米文学科三年生の時には、ミスキャンパスにも選ばれたほどの美貌の持ち主だった。

そんな百合子の未来予想図は、誰もが順風満帆を思い描いただろう。

卒業後、彼女が就職先に選んだのは海外にも多くの支社を持つ大手の日系貿易企業だった。

本人が希望していた語学を活かせる仕事に就けたことで彼女は精力的に業務に励み、毎日が輝いていた。

ある年の春、多忙を極めていた百合子が取締役社長に同行して訪問したのは、アラビア半島にある王制国家マハール。

マハール王国は綿花の生産が盛んで、日本の繊維メーカーとの契約を取りまとめるのが目的だった。

彼女の仕事は主に通訳だったが、交渉が長引いて思いの外長い滞在となってしまった。

そんな中、百合子がマハールの美貌の王子、アジャフと許されない恋に堕《お》ちてしまうことは、ある意味、自然なことだったのかもしれない。

周囲に隠れるように想《おも》いを交わし合っていた二人だったが、どうあっても現状のままでは二人が一緒になれる可能性などないに等しい。

そう悟ったとき、思い余った二人は、そのすべてを捨てて国外に駆け落ちしてしまった。

国王の追っ手から隠れるようにイタリアまで逃亡し、さらにはバチカン市国に入って潜伏していたが、三ヶ月後、追ってきたマハール国軍の衛兵にとらえられて引き離されてしまう。

百合子は罪には問われなかったが、マハールの地を二度と踏むことは許されなかった。

だが連れ戻される直前に、すべてを予見していた二人は弁護士に依頼し、血判とともにある誓約書を残した。

その誓約というのは、要約するとこんな内容だった。

――アジャフと百合子がのちに他の誰かと結ばれたとき、それぞれ生まれた最初の子供を、自分たちの代わりに添い遂げさせる。

――万が一、その決められた相手との婚姻が成立しない場合、第一王子といえど王位継承権を与えない。

それは、若い二人があわてて交わしただけあっておおよそ無謀なものだった。

その誓約は、アジャフの嫡男が二十四歳になったときに初めて効力を発揮すると記載されている。

さらに、王位継承は婚姻が成立した直後ではなく、婚姻の一年後に初めて成される。

ようするに、少なくとも一年間は、夫婦でいることを余儀なくされていた。

アジャフ王子と百合子は国王によって引き裂かれたあと、誓約書に書かれていたことを厳守するかのように、それぞれが自国に戻って別の相手との間に子供をもうける。

アジャフは父である国王の決めた隣国の王族の息女、ヤスミンを正妃に迎えたが、これはあくまで政略結婚であり、以降も百合子への想いを消すことはできなかった。

誰もが若気のいたりだ、相手のことなどすぐに忘れると諭したが、二人は互いが生涯に一人の相手だということがわかっているように一途《いちず》だった。

アジャフと百合子が一緒にすごした期間はわずか数ヶ月。

それでも最初で最後の命を賭《と》すほどの恋をした二人の想いは、文字どおり生涯消えることはなかった。

アジャフはヤスミン妃との間に結婚後四年目にしてやっと第一王子であるシャリフを授かったが、百合子を想う寂しさから他にも複数の側室を持った。

ヤスミン妃はとても物静かで温厚な人物で、王妃が激昂《げっこう》した姿を誰も見たことがないというほど、穏やかで寛容な人柄をしている。

そのせいか、夫に真に愛する人がいることを感じていても、その全部を許容していた。

それにマハール王国を含め、アラビア半島あたりではまだ一夫多妻制の国が多く、正妃はアジャフの他の相手を気にする素振りは見せなかった。

夫の浮気相手にある程度、寛容でいられた理由は、アジャフ自身が正妃を大切にしていたから。

ヤスミン妃は夫に一番に愛してもらえることはなかったけれど、本当に大事にされていて満足だということを、よく周囲や息子《むすこ》であるシャリフに話していた。

やがて立派に成長したシャリフは、だから父を恨むことはなかった。

ところがそんな穏やかなヤスミン妃は、シャリフが十歳のとき、交通事故で亡くなってしまう。

シャリフが母の死を悲しんだことは言うまでもなかった。

そんなシャリフはその後に留学したイギリスで、世界的には一夫一婦制が主流だと初めて知ることになるが、そのときは心底驚いた。

成人してからのシャリフが思いだすのは、滅多に見せなかったが、母、ヤスミン妃の悲しい顔だった。

母は父のことを理解しようと努めていたが、時々は暗い顔をして自分を抱きしめる夜があったことを覚えている。

幼い頃には見抜けなかった、そんな母の悲しみにようやく気づいたとき、自分は運命の人と巡り会ったなら、なにを犠牲にしてもその人だけを愛して添い遂げたいと考えを改めた。

父との死別は突然やってきた。それはシャリフが二十二歳のときのこと。

アジャフ国王が米国企業との商談に出向くために搭乗した飛行機が、エンジントラブルを起こして空で炎上し、墜落した。

その事故によって、アジャフ国王は突然、他界してしまう。

国王が不慮の事故で亡くなったあと、残されたシャリフ王子は当然のことながら商談の後処理や業務の引き継ぎなどに追われ、嵐《あらし》のような日々を送っていた。

それでもなんとか盛大な国葬が終わったのち、国王の顧問弁護士の一人だったザーヒルとともに、無数の書類や遺言状に目を通した。

その中から、非常に重要な誓約書が見つかったのだ。

書類の作成責任者はアジャフとなっていたが、連名でもう一人の名前が記されていた。

それは「ユリコカタギリ」という女性のサインで、おそらくその名前の人物がシャリフの婚約者とされる相手の母親になるのだろう。

まさにシャリフにとっては青天の霹靂ともいえる、驚くべき事実の発覚だった。

信じられなかったのは、父の信頼していた顧問弁護士や宰相ですらその誓約書の存在を知らなかったことだ。

シャリフ自身は父亡きあと、王位継承権一位である自分が順当に王位を継いで国王となると信じて疑ってこなかったが、実際には大きな見落としがあったようだ。

書類を不履行にしようにも作成責任者であるアジャフ国王自身が故人であるため、誓約書は遺言書と同じ効力を発揮するらしく、書類の破棄は不可能だった。

そのあと、ザーヒル弁護士の助言でシャリフは国王の元恋人であった日本人、片桐百合子について調査をしたが、返ってきた報告書を見て驚いた。

百合子という人物は、父の居室にいつも飾られていた写真立ての中の美しい女性その人だったからだ。

シャリフはようやく合点がいった。

亡くなったアジャフ国王の正妃であった母が話していた、父が生涯をかけて愛していた女性というのは、片桐百合子だったのだと。

そのとき、誓約書と一緒に見つかったものがあったが、それは当時、父が書いた百合子との逃亡劇をつづった手帳だった。

それを読み、どれだけ父がこの百合子という日本人女性を愛していたのかがわかった。

愛し合う者が添い遂げられなかったことを、二人がどれほど悔やんでいたのかも。

母も複雑だっただろうが、父、アジャフ国王のことを初めて悲しい人だったと理解した。

数日後、シャリフの元に、少し遅れて百合子の子女についての報告書が届けられる。

それによると、日本にいる百合子には息子が一人いることがわかったが、誓約書には男性である場合の対処については一切触れておらず、初子とだけあったため、たとえ王子の婚約者が男性であろうと契約は履行されるだろうとザーヒル弁護士が己の見解を述べた。

マハール王国は過去から一夫多妻制で、国王が女性の側室だけでなく男性とも関係を結んだことが幾度かあった。

そのため、仮にシャリフの相手の一人が男性だとしてもさほど異例なことではない。

ただ、正室が男性という事例は初めてとなるのだが……。

かくして、シャリフが王位継承権を得るための、万全の計画が練りあげられた。

結果、百合子の初子である男性との婚姻を形だけでも結び、その一年後、無事に王位を継承したのちに離婚するという方法が最良だという結論に達した。

だから王位が継承される二十四歳からさかのぼって、遅くとも二十三歳の誕生日に、シャリフはその決められた相手との婚姻を果たす必要があった。

計画でいくと、シャリフはまず日本に赴いて百合子の息子である片桐芳那に会い、包み隠さず誓約書のことを話して、条件付きで偽装結婚の話を受諾してもらう。

そんな計画を実行するため、シャリフは日本の貿易会社との商談もあって訪日の日程を調整していたが、父が事故で亡くなってから半年後、満を持して計画は実行される運びとなる。

専用ジェットで訪日したシャリフは、平成シャル興産との商談を着実に進めていた。

その中で、片桐芳那にアポを取って接触を図るつもりだったが、二人が出会う機会はまるで運命に導かれるように突然訪れた。

日本に連れてきていたシャリフの愛犬、ゴールデンレトリバーのラーミゥの体調が急に悪くなり、本当に思いがけなく片桐芳那が勤務する動物病院へ連れていった。

シャリフ側にしてみれば、それはとても好運なことだった。

偶然に導かれ、二人はラーミゥの入院治療を通じて徐々に距離を縮めていくことになる。

そんな中でシャリフは気づいた。

可憐《かれん》な容貌とはまるで違う、実直で男気のある芳那の性格を知っていく中で、おそらく彼が簡単に偽装結婚の話を受けるとは思えないと。

結局、ラーミゥの術後の治療と経過観察を願い出る形で、しばらくマハール王国に滞在してもらうこととなった。

そこから先は上手く話が進み、かくして、シャリフとザーヒル弁護士による片桐芳那捕獲計画はまんまと完遂された。


シャリフはマハール王国専用ジェットの広々とした座席にゆったり身を沈めながら、隣席で穏やかに寝息をたてる芳那を眺めていた。

夢でも見ているのか、その口元がなにか話すように動くと、まるで小動物の咀嚼《そしやく》のように見えてしまい、思わず微笑《ほほえ》ましくなって笑みが漏れる。

「シャリフ王子、守備は上々と言ったところですね」

前の席に座るザーヒル弁護士が満足げに囁《ささや》いた。

「そう……だな」

それを聞いて、シャリフはどこか浮かない顔になる。

「このあとの行動は、打ち合わせどおり………おわかりですね？」

「あぁ…だが正直、母親を亡くして間もない芳那の弱みにつけ込むようで気が進まないが…他に策はないんだな？」

「はい。この方法しかありません。誰しも、その点が一番切実な問題ですからね」

「わかった」

そんなこととは露知らず、専用ジェットの高級なシートに身を沈めた芳那は、ずっと夢を見ていた。

それは、母親が亡くなる少し前に言い残した、不可解な言葉。

『芳那、あなたには……実はすでに決められた許嫁がいるの。この先、誰かがあなたを訪ねてきて望まない婚姻を迫っても、従う必要はないのよ。あなたは自分の生きたいように生きればいい。ごめんね……』

それから数日後、母は帰らぬ人となった。

母が入院中、芳那は最新の治療を受けさせるために二千万円もの借金をしたが、母から死を遠ざけることは不可能だった。

【3】


マハール空港は国家領土の荒涼とした砂漠地域の中心に位置している。

広い大地の所々には、まるで地面からにょきっと突きだすように巨大な岩石山があり、付近には古い遺跡が数多く残されていて、古代建築に興味のある芳那は目を輝かせる。

以前、ヨルダンで見たペトラ遺跡を彷彿させるような古い王家の城跡付近には、おそらく観光客を誘致するための遊歩道の整備が進められていた。

興味深げにリムジンの中から車窓の外を眺める芳那に、シャリフはまるで観光ガイドのように一つ一つの遺跡の説明を施してくれる。

「思わず写真を撮りたくなる素晴らしい風景だな。もしよかったら、今度、遺跡巡りをしたいんだけど。だめかな？」

無邪気に訊いてくる芳那の表情はどこかあどけなくて、シャリフは知らず笑みをこぼす。

「わたしでよければ近いうちに案内するが、今、少し城跡の近くまで行ってみようか」

そう言ったシャリフは運転手にアラビア語でなにか告げる。

すぐに車が脇道《わきみち》に入っていき、彼が王家の城跡の近くまで車を走らせるように伝えてくれたのだとわかった。

「まわり道なんだろう？　でもありがとう。それから案内も、いいのか？　シャリフは忙しいんだから俺はいつでもいいし、あ、ごめん……」

思わず口に手をあてて謝罪する芳那に、シャリフはどうしたのだと目で問いかける。

「あの……俺、ここではなんて呼んだらいい？　みんなみたいにシャリフ様って呼んだ方がいいのか？　それともシャリフ王子の方が正しい？」

決して茶化している様子もなく真面目に問いかける芳那に、シャリフは目を弓の形に細めて答える。

「今までどおりシャリフでいい。今さら芳那に王子なんて呼ばれてもな……それに、お前は特別だから」

「………特、別？　どうして？」

意味を測りかねて首を傾げる芳那を見て、ザーヒル弁護士がちらりと王子をうかがい見て、ばれないように気をつけろ…と、目で釘《くぎ》を刺す。

「いや。それは……芳那が、わたしの大事な愛犬、ラーミゥの命の恩人だからだ」

「なんだよ。大げさだって、それ」

「だから、お前はわたしをシャリフと呼んでもいい」

王国内で王子を敬称もつけずに呼ぶことを許されているのは、亡くなった国王だけだった。

おそらく、シャリフがいつか婚姻するであろう奥方でも身分が低くなるため、シャリフ様と呼ぶことになるだろう。

それを、シャリフが芳那に安易に許可してしまったことに、ザーヒルは驚いてたしなめる。

「シャリフ様！　それはいけません。いくらなんでもそんな……」

「かまわない。芳那は我々が無理を言ってこの国に招いたんだから、わたしと芳那は対等だ。いいな芳那、そう思ってくれていい」

ザーヒルの険しい視線は気になったが、今さらシャリフを王子とはどうしても呼べなくて、少しだけ安堵した。

「う……ん。でも」

そして度量の広い彼に感謝する。

「わたしがいいと言っている。気にするな」

「わかった。ありがとう」

車が舗装された道路からさらに脇道に入ると、とたんに道は悪くなる。

砂利《じゃり》の多い地道を進んでいくと城跡が近くなってきて、遠目で見えなかった石の建造物の表面に掘られた彫刻や、はめ込まれた色彩豊かな石板まで見えるようになってくる。

「すごい。まるでインディ・ジョーンズの世界に入り込んだみたいだな」

芳那は窓に頬を寄せ、興奮した様子で見入っている。

遺跡までの道はまだ舗装の途中らしく、多くの工夫が働いていた。

その道は遺跡の趣を損なわないようアスファルトではなく、四角い石板を敷き詰めて造っているようだった。

ふと、工事中の路の脇に人だかりがあるのが目に入る。

「なにか、あったのかな?」

車がその脇を通ると、見物人の中心には一頭のロバが横たわっていた。

周囲には石板が散らばっていて、それがロバの右前足の上に何枚ものしかかっている。

石板は重いため、工夫たちがロバの身体《からだ》をつかんで下敷きになっている足を引きだそうとしているところだった。

「待って!　だめだ。止めて!」

芳那が叫ぶと、シャリフは運転手にアラビア語で車を止めるよう指示する。

急いで車から降りたくてロックを外そうとするが、上手くいかない。

王族用のリムジンは、ロックは運転手が解除することになっているらしい。

「芳那。なにをしたいんだ?」

「降りなきゃ!　早く開けて!」

「芳那。落ち着け」

「ロバの足！　無理に引っぱったらだめになる。とにかくドアを開けて！」

「……………」

シャリフは周囲に危険がないかを目視で確認すると、背後の車を振り返って手振りでなにか指示をする。

「シャリフ！　ほら、ロバの足が変なふうに曲がってるのが見えるだろう？　きっと折れてる。あのまま石の下から引き抜いたら二度と歩けなくなる！」

おそらくロバが運んでいた荷物の紐《ひも》が切れて、のせていた大量の石板が足の上に落下して下敷きになってしまったのだろう。

あまりに必死で言い募る芳那に負けて、シャリフはドアを開けるよう運転手に告げた。

転がるように車から降りると、シャリフもそのあとに続く。

すぐにリムジンの後続車から、王子の二人のＳＰも降りてくる。

「あぁ、シャリフ様！」

突然姿を現した王子を見つけた工夫たちが、ロバを引いていた手を止めその場に伏した。

「みんな、そこを退《ど》いて！」

日本語でそう言ってから、芳那はあわてて英語で伝え直すが、工夫たちは怪訝《けげん》にシャリフを見る。

「王子、こちらのお方は？」

「心配ない。彼は日本でわたしの愛犬の命を救ってくれた恩人だ。腕のたしかな獣医師だから安心して任せたらいい」

「そうでしたか！　ならば心強い。よろしくお願いします！」

「わかったら、彼の言うとおり少し下がっていてくれ」

工夫たちが離れたことで、ぐったりと横たわるロバの全身が視界に入った。

暴れたせいで痛みが増したのか、苦しげに吐く息が荒い。

落下した石板の下敷きになっている右足のつけ根あたりは鮮血で染まっていて、白い砂も赤黒く染まってひどい有様だった。

芳那は血で濡《ぬ》れた地面にためらうことなく膝《ひざ》と手をついて姿勢を低くする。

「おい芳那、血で汚れるぞ」

シャリフが怪訝な顔で言う。

「別に、汚れたら洗えばいいだけだろう？　なにか困ることでもあるのか？」

平然と返すと、芳那は苦しげに喘《あえ》いでいるロバの首を愛《いと》おしげに撫でてやった。

「……痛いよな。わかってる。でも大丈夫だから少しじっとして。さっきは無理に引っぱられて痛かっただろう。ちゃんと助けてやるから安心して」

まるで人間に話しかけるようにロバをなだめながら、芳那はその足の上に重くのしかかっている何枚もの石板の下に手を突っ込む。

そのまま重なっている石板が崩れ落ちたら、芳那自身もケガをする可能性があることは誰の目にも想像できた。

シャリフは思わず手を貸そうと近づきかけたが、芳那がそれを制す。

「こいつ、痛みで興奮してるから近づかないで！　また暴れたら本当に歩けなくなる」

芳那はロバのことだけを念頭に置いているらしい。

「だが……」

「大丈夫だよ」

石板の下に手を入れた芳那は、ロバの足をつけ根側からゆっくりとなぞっていき、骨折の箇所を確かめた。

「かわいそうに……骨が露出してる」

指先に触れる感触からわかる情報を頼りに骨折箇所を特定した芳那は、足のつけ根と足首あたりをつかんで、方向を考えながらゆっくりゆっくり引き抜いていく。

「大丈夫、もうすぐ楽になるから。痛いよな。ごめんな」

ロバは苦しそうにうめいていたが、芳那の言葉がわかるのか不思議と暴れることはなかった。

さっきまでは工夫が数人がかりでも抜けなかった足が、すんなりと引き抜かれていく。

骨折して皮膚から突き出した骨が石板の縁に引っかかっていたため、先ほどは容易に抜けずに、ロバも痛みで暴れていたのだろう。

足が抜けた瞬間、石板が雪崩《なだれ》のようにゆるやかに左右に崩れ落ちていって、泥と砂があたりに舞いあがった。

芳那はあまりの砂ボコリにむせてしまう。

「芳那！　大丈夫か？」

近づいてくるシャリフを制する。

「いいんだシャリフ。ごめん。まだ来ないで。こいつ、また暴れるかもしれないから」

砂ボコリが収まって視界が明るくなると、誰の目にもロバの骨折は相当ひどい状態だとわかった。

折れたせいで皮膚を突き破って突出してしまった骨は異様なほど白く、今まで圧迫していた石板が急に退けられたせいか、裂傷からどくどくと血が吹きだしている。

芳那は自らが着ていた白い薄手のジャケットを脱ぐと、袖《そで》部分を勢いよく裂いてロバの足に巻きつけて止血する。

そのまま近くに落ちていた木片にも布を巻いて、それを足に添わせるようにあてててさらに布で患部を固定する。

そこまで終わって、ようやく一息ついて顔をあげた。

「もう大丈夫。骨は見えてるけど、比較的断面が真っすぐに折れてるから、ちゃんと治療したらまた歩けるよ」

芳那の言葉をシャリフがアラビア語に訳して伝えると、飼い主だろう男が深く頭を下げた。

「なぁ。こいつ、俺が診るよ。シャリフは診療所を整えてくれたんだろう？　今すぐそこにロバを運んでくれないかな？」

芳那がそう願いでると、シャリフがまた飼い主と現場責任者になにかを伝え、おそらく住所を書いただろう紙を手渡した。

「ロバ主が診療所まで車で運んでくれるそうだ」

「本当に？　あぁ、よかった」

心底安堵した声でそう言うと、芳那はロバの額のあたりを優しく撫でる。

「おまえ、よかったなぁ。あとでちゃんと俺が診てやるからな」

芳那が優しく囁くと、やはり言葉が通じているかのようにロバが嬉しそうに小さく嘶《な》いて、その場にいた工夫たちが思い思いに芳那に感謝の言葉を捧《ささ》げた。

「皆が、お前にありがとうと伝えてくれと言っている」

「え？　そんなの別にいいって」

照れたように困ったように芳那が首を振ると、感謝の声はますます大きくなった。

やがて、ジープの荷台にのせられて運ばれるロバを見送ると、芳那はようやく我に返った。

ふと自分の姿を見てみると、惨憺《さんたん》たる状態だった。

シャツもワークパンツも、見事に砂と血にまみれている。

服だけでなく、もちろん芳那の手は血で真っ赤に染まっていて、頬にも飛び散った血がついていた。

「うわ！　どうしよう。俺……夢中で」

今まで凜として気丈に応急処置を施していた顔が、今は眉が下がって見事に情けなく変わっている。

その様子に、シャリフはなぜか笑いが込みあげた。

「なに？　笑うなってば。なんか俺、気がついたらすっごい汚れちゃってるみたいで……」

申し訳なさそうな声。

「そうだな。たしかに芳那は汚れている」

「えっと、ごめんな。あ～、そうか。こんな高級な車に乗せてもらうのに血まみれなんてまずいよな。だったら俺、ロバと一緒《あいつ》のジープに乗せてもらうから、戻ってもらって」

あわてて提案する芳那の肩を抱くと、シャリフはそのまま車の後部席に乗り込んだ。

「シャリフ様！」

ザーヒルが困ったように声をかける。

「ちょ、シャリフだめだって。シートが汚れるから」

遠慮する芳那に、シャリフは悪戯《いたずら》な目を向ける。

「汚れたら洗えばいいだろう？　なにか困ることでもあるのか？」

先ほど芳那が言い放った言葉を、王子がそっくり真似《まね》ているのだと気づく。

芳那は笑って、それでも遠慮深げに後部席に身を小さくして収まった。

一心に応急処置に専念する芳那の行動力と優しさを目の当たりにして、シャリフは少なからず胸に温かいものが込みあげるのを抑えられなかった。

それは獣医師としての使命感に裏打ちされた行動だったのだろうが、本当に立派だった。

「俺、ちょっと臭《にお》う？」

血まみれの服をしょんぼりと見おろして困ったように尋ねる芳那に、シャリフはただ笑みを結んだ。

「なにも言わないってことは、やっぱり臭いんだ。ごめんなぁ」

眉毛を下げて恐縮する異国の獣医師を、素直に可愛いと思う。

芳那を見るシャリフの瞳が、とても優しい色を放っていることに気づいたのは、たまたまバックミラーを見ていた運転手だけだった。

王子を乗せたリムジンが去っていくのを、工夫たちは一礼して見送る。

そんな彼らの口から、砂と血にまみれて傷ついたロバのために応急処置をしてくれた日本人獣医師の評判が広がるのは時間の問題だった。

リムジンはやがて、郊外にある市街地に入っていく。

するとそのあたりには、まだ内部紛争の爪痕《つめあと》が生々しく残る建物がいくつも見られた。

裸足で遊んでいる子供たちは無邪気な笑顔をしていたが、どこか寂しそうな目でこちらをうかがっている子もいて、それがなぜか芳那は気になってしまう。

そして野良犬や野良猫が街にはたくさんいて、中にはケガをしている動物もいた。

芳那は下唇を噛《か》んでそれを見つめていた。


車がついにマハール王国の首都に入っていくと、芳那は再び車窓からの景色に意識を奪われていた。

砂漠地域や郊外の市街地とは、あまりに打って変わった印象だったからだ。

黄金を駆使した豪華な建造物の数々は、豊かな国家が壮絶な勢いで発展していく過程を象徴しているようだ。

澄んだ青空に伸びるように立ち並んだ高層ビル群には圧倒される。

それにしても、この国はさまざまな様相を見せてくれるものだと芳那は感心した。

空港近くの荒涼とした砂漠地域で見た岩石の古い建造物の遺跡と、今まさに目の前に広がる近代建築。

古いものと新しいもの。それらが融合するマハール王国。

芳那はその二面性に強く惹《ひ》かれた。


しばらくすると、リムジンは新しい診療所に到着した。

芳那はここでシャリフの愛犬、ラーミゥの術後経過観察をすることになっている。

そこはわずか数日でそろえられたとは思えないほど設備が充実していて、芳那は驚き入った。

実際のところ、シャリフサイドからしてみれば、最初から芳那をマハールに連れ帰るつもりで準備していたのだから設備が整っているのは当然のことだが。

「芳那。今、急いで薬品などをそろえさせているから、もう少し待ってくれ」

「ううん。これだけそろっていれば当面は充分だよ」

新しい医療機器を一つ一つ確認して感じたが、どれも相当値の張る高級なものだった。

芳那が勤めていた都内の動物病院でさえ手が出ないほど高価なＭＲＩもあって、本当にこの国には財源があふれているのだと実感する。

それから芳那は、先に到着して待っていた先ほどのロバを診るために処置室に入った。

シャリフも見守る中で、芳那は最新の設備を使って診察をし、丁寧に処置をした。

「明日も必ず連れてきてください」

最後に芳那が穏やかに伝えると、ロバ主も心からの感謝の意を伝えた。


それからの十日間、芳那はシャリフの愛犬、ラーミゥの術後の経過を診ながらも、それ以外はとても優雅な時間をすごした。

シャリフの接待は信じられないほど手厚く、用意された豪華な部屋は調度品や装飾、家具のどれをとっても技工が素晴らしく、食事も申し分なかった。

その上、毎日仕事に余念がないシャリフだったが、彼はなんとか時間を工面して約束どおり遺跡の観光にも連れだしてくれた。

そんなふうにマハール王国ですごした芳那は、ラーミゥを診察し終えて、シャリフにこれでもう心配ないと完治を宣言した。

手術で結石を取ったことで、ラーミゥはすっかり回復して元気になっている。

自分の役目が終わったことを確認した芳那は、そろそろ帰国したいと話を持ちだしたが、シャリフはなにも言わず、その夜の食事に誘った。

いよいよ、真実が告げられるときがくる。

宮殿と呼ばれている王家の者が住む建築物の南側に、シャリフ王子の生活スペースがある。

今夜、芳那は初めてそこに呼ばれた。

その一部屋でおそらく軽いパーティーを開けるほど広いリビングに招き入れられ、あまりの内装の豪華さに圧倒された芳那は、興味深げに部屋中を眺めつくす。

赤い壁は一面に碧玉が張り巡らされていて、部分的に陶製のタイルがはめ込まれている。タイルには植物を模した絵柄が描かれていて、それをいくつも合わせることで幾何学的な模様が作りだされていた。

それは陶製タイル模様の最高傑作とも呼べる、技巧的で高価な装飾だった。

棚に置かれているのは、金彩《きんだみ》のガラス器のランプや、中国の陶磁器を思わせる壺《つぼ》。

他にも趣のある真鍮《しんちゅう》素材の洗礼盤など素晴らしい品が並べられている。

「遠慮はいらない。入れ」

近代的な建築も多く見られる首都において、この宮殿自体がアラビアンナイトの世界に迷い込んだような錯覚を起こすほど、伝統的な趣を放っていた。

リビングの庭側の壁を四角く切り取った大窓を出ると、白御影《みかげ》石の欄干が美しいテラスポーチになっている。

乾燥地帯に位置するマハール王国だが、夜になると放射冷却で気温は急激に下がり、陽《ひ》の暮れた今は心地のいい風が吹いていた。

芳那が欄干から身を乗りだしてあたりを眺めると、眼下の中庭にはアラビアンタイルがアクセント的に所々に貼《は》られた大きなプールがある。

周囲が木々で囲まれていて外からの視界が遮断されていることから、おそらくそこは王子専用プールなのだろうと推察した。

「すごいなぁ。まるでオアシスみたいだな。あそこで泳いだら気持ちがよさそうだ」

素直に賛嘆する芳那に、いつでも好きなときに泳いでいいと許可が返る。

窓際の大理石の円卓には、すでにナイフやフォークといったカトラリーが用意されていて、円卓の中央に置かれたアロマキャンドルが紫の炎をあげて甘い香りを漂わせていた。

このテラス部分には大理石が多く使用されているが、ほとんどがクリスタルホワイトというトルコ原産の石で、ベージュが多い大理石の中でも輝くような白は貴重で最高級品だ。

「さぁ、遠慮せずにかけてくれ。今夜はフレンチにしてみたんだ。口に合うかわからないが、始めようか」

席に座るよう勧められて従うも、芳那はなんだか妙な胸騒ぎを覚えてしまう。

今日のシャリフの様子が、めずらしくどこか緊張を孕《はら》んでいるような気がするからだ。

対面の席に腰をかけたシャリフが卓上の呼び鈴を優雅に振ると、すぐに給仕を担当する従者が現れて、食事が始まった。

やがてデキャンタで運ばれてきた年代物の熟成された赤ワインは、それほどワインの味に明るくない芳那の舌にも上質だとわかるほどまろやかで深い風味があった。

「美味《おい》しい」

「これは芳那の生まれた年に醸造されたワインだ。気に入ってもらえてよかったよ」

さらりと言われたが、まるで今日が恋人同士の記念日かと思えるような気遣いに、なんだかくすぐったいような妙な感じがした。

次いで運ばれてきたオーガニック野菜のサラダは、数種類ある野菜自体の味がそれぞれ際立ち、ソースがなくても素材の味だけで美味しかった。

メインの子羊の肉は、口に入れたとたん咀嚼の必要がないほどにやわらかい。

そしてシャリフは食事をするのを妨げない程度に話題を提供して芳那を楽しませてくれ、こういったスマートな気配りは女性だったらきっと惚《ほ》れるだろうなと感心した。

どちらかというと少食の芳那は最後のデザートにはさすがに手が出なくて、それを惜しいと思うほど凝った美味しい料理だった。

この国で採れるという豆を焙煎《ばいせん》したコーヒーを楽しんでいると、ようやく本題に入るためにシャリフが口を開いた。

「実は芳那……帰国の話だが、できれば……もう一度、考え直して欲しいんだ」

「……え」

「この国には治療が必要な動物がたくさんいる。お前には、まだ我が国に残って診療活動を続けて欲しい」

マハール王国を訪問してからシャリフが再三再四言っていたように、この国には優秀な獣医師が必要だった。

滞在していた十日ほどの間で獣医師の確保が急務に思えていた芳那も、答えに窮する。

さらにシャリフは続けた。

「それから……ここからが今夜、わたしがおまえに話したかった本題となる」

妙に真剣な表情のシャリフにこんな顔は初めて見ると思い、背筋が緊張で伸びる。

「え？　……まだ本題があるんだ？　えっと……改まって、なに？　ちょっと怖いな」

張りつめた空気に耐えきれなくて、少し笑いを含めてしまう。

「芳那……」

「うん？」

「わたしと…………結婚、して欲しい」

ストレートで短い言葉に、芳那はしばし唖然《あぜん》としてしまう。

おそらく数十秒はまばたきを忘れていたらしく、目の乾きに気づいて何度かまぶたをぱちぱちさせてから、詰めていた息をようやく吐いた。

きっと自分はからかわれているんだと気づいた芳那が、次いで転がるように笑いだした。

だが、シャリフの方はいたって真顔のまま席を立つと、室内にあるチェストから古びた箱を手にして戻ってきた。

蓋《ふた》を開けて、中から誓約書と古い手帳を取りあげて芳那に差しだす。

「なに……これ？」

「いいから、とにかく目を通してくれないか。そして、わたしの言葉が冗談でもなんでもないことを確かめて欲しい」

真剣な相手の態度に改めて表情を戻すと、芳那は誓約書を開いて英語で記された文章をゆっくりと読み始める。

――アジャフと百合子がのちに他の誰かと結ばれたとき、それぞれ生まれた最初の子供を、自分たちの代わりに添い遂げさせる。

――万が一、その決められた相手との婚姻が成立しない場合、第一王子といえど王位継承権を与えない。

誓約書と手帳の両方に時間をかけて目を通したあとで、芳那がようやく顔をあげた。

シャリフはその間、真摯な目を向けて静かに待ってくれていた。

芳那は今初めて、亡き母の悲しい人生をごく身近に感じられた気がした。

自分には生涯かけて愛した人がいると話してくれた母の相手のことを、これまでまるで絵空事のように感じていた自分。

今までぼやけていた輪郭が、ようやくはっきりした気がする。

母がどれほどシャリフの父を愛していたのか、そんな相手と引き裂かれてどれほど辛かったのか。

それでも唯一交わした約束を守るために、一人で芳那を産んで育ててくれた母の想いの丈を初めて知った。

「あの。一つ訊いていい？　母が愛したアジャフ王子の嫡子っていうのが……」

「あぁ、わたしだ」

「それで、シャリフが王位を継承するためには、俺との一年間の婚姻が条件ってこと？」

「さすがは理解が早いな。仰せのとおりだ」

「そう…か」

芳那は気のないそぶりで、手帳に挟まっていた二人が密かにあげたのだろう結婚式のときの写真を手に取る。

そして、短い声をあげた。

二人がしている指輪が同じだったからだ。

「芳那、どうした？」

母が亡くなってからずっと胸にさげているチェーンを引っぱると、ペンダントトップの指輪が姿を現す。

今度はシャリフが驚く番だった。

「それは……?」

シャリフは年代物の箱から小さなリングケースを取りだして、それを開けてみせる。

「ぁ」

そこには、芳那のものと同じデザインの指輪が納められていた。

「……父、アジャフ国王の形見だ」

きっとこれは、永遠の愛を誓った二人のエンゲージリング。

芳那は、母のものより一まわり大きなサイズの指輪を愛おしげに撫でてみる。

ようやく全部が繋《つな》がって合点がいった。

シャリフと自分が出会ったのは、遠い過去からの巡り合わせだったらしい。

「だとすると、俺がマハールに連れてこられたのも最初から計画的なことだったのか?」

「すまない。多少の変更は余儀なくされたが、そうだと言っておこう。当初の予定では訪日したときにすべて芳那に正直に話すつもりだったんだ。だがラーミゥが本当に病気になって……」

「………そこは、本当に偶然だったんだ」

「診療所で芳那の実直な性格を知っていくうち、簡単に婚姻の話を受け入れてくれるとはとても思えなくなった」

「……そうか。だから途中で方向を変えて、ラーミゥの経過観察と偽って俺をマハールに連れてきたんだ？」

「そうだ。本当にすまない」

芳那は肺の中にたまった息を全部吐ききるほどの、長いため息をつく。

でも、そんな理由があるからといって自分とシャリフが婚姻なんて……想像できなかった。

すでに拒否できる雰囲気は微塵もない気がするが、もし……。

「もしも俺が今ここで婚姻の話を断ったらどうなるんだ？　閉じ込めて監禁でもされる？」

問われて、シャリフはなぜか視線を落として少しだけ傷ついた表情を見せる。

「わたしは仕事で豪腕だと言われることが多いが、それでも暴君ではない。良識のある人間だと思っている。だからここは経営者として芳那にも悪くない提案をするつもりだ」

眉をひそめる芳那に、シャリフはまるで商談をするかのような淡々とした口調で、今度は現実的な提案を持ちかけてくる。

「失礼だが、芳那に莫大な借金があることは調べて知っている」

「え！」

母に最新の放射線治療を受けさせようと、大事な実家を担保に借り入れた二千万円。

薄幸だった母を、育ててくれた恩返しもしないまま死なせたくなかった。

「その二千万円……全額をわたしが肩代わりしよう。代わりに、一年だけの契約でわたしの伴侶《はんりょ》になって欲しい」

芳那がなにか口を挟もうとしたが、シャリフは畳みかけるように一気に提案を続ける。

「もちろんこれは正式な結婚だが、あくまで形だけの婚姻で、一年後にわたしが王位を継承したのち、離婚を経《へ》てお互い自由になる。記録はマハールの戸籍に残るだけだから、日本の芳那の戸籍に傷はつけなくていい」

約一年間、誓約書に従って形式的な伴侶となるだけで二千万円の借金がちゃらになる。

たしかに悪い話ではないが……。

いろんなことを思案していると、ふと母が亡くなる少し前に残した謎《なぞ》の言葉を思いだす。

『あなたには婚約者がいる……』

その言葉の意味がようやくわかった。

そして母は、それに従う必要はないとも言い残していたが……。

もちろん芳那は王子の申し出をはねつけたかったが、今夜のシャリフは強引だった。

「よく考えるんだ芳那。これだけの好条件を提示されて、お前に拒絶する理由なんかないはずだ。答えは自ずと出ているだろう?」

自分の置かれた状況や現実問題を見すえてみるが、二千万円もの借金のある芳那にとって、それを完済してもらえるのは至極魅力的な申し出で、結局、その偽装結婚を受け入れることに決めた。

一ヶ月後、マハール王国の王子、シャリフの結婚の儀典が盛大に執り行われた。

婚姻大典の儀式が行われるのは、宮殿と隣接する由緒正しき聖寺院の礼拝堂。

この国の代々の王子は、今までずっとこの神聖な場所で花嫁を娶《めと》ってきた。

聖寺院に集まった二千人ほどの来賓は王族関係者や各国の大使、マハール王国周辺国家の代表や首長など。

それ以外にも、国民の中から民間企業の役員クラスが顔をそろえている。

マハール王国はもともとイスラム教を信仰する者が多かったが、宗教間トラブルが絶えなかったため、アジャフ国王は信仰を強制することを緩和した。

思えばシャリフの父であるアジャフは歴代の型にはまった国王と違い、いろんな面で革新的な政策を行ってきた国王だった。

だからシャリフと芳那の婚姻大典の儀式も、イスラムの形式を残しつつも西洋的な開放感のある様相も見せている。

式の初め、カスィーダと呼ばれるアラビア半島での伝統詩が謡《うた》いあげられる。

その後、ズルナと称されるチャルメラに似た楽器とタブラという太鼓が登場して、アラブ特有の民族的な音楽を奏で始めた。

しばらく演奏が続いたあと、礼拝堂の中が急に静まり返り、天井まである大きな観音扉が左右に開いて外から陽光が放射状に差し込む。

煌《きら》びやかに正装したシャリフ王子と、その妻となる芳那がそこに姿を現した。

どうしても来賓の注目を集めてしまう日本人の花嫁は、中性的なやわらかい純白の民族衣装を身にまとい、王子に寄り添って物静かに腰をかがめて一礼する。

国家にすべてを捧げる証《あかし》として、花嫁の左手の甲には王家の紋章が描かれていた。

祭壇まで真っすぐに紫紺のペルシャ絨毯《じゆうたん》が敷きつめられ、その上を二人は粛々と歩く。

技巧的な刺繍が施されたベールから透ける花嫁の容貌は息を飲むほど清艶で、周囲の来賓からは感嘆のため息がこぼれるほどだ。

マハール王国では婚姻に性別はさほど重視されないため、性別に関して語られることは少ないが、外見からして芳那は女性だと認識されているのかもしれない。

やがて神官の前に立った二人は誓いの文言を交わし合い、互いの両親から譲り受けた形見の指輪の交換を命じられる。

アジャフと百合子。

久遠《くおん》の愛を誓った二人が引き裂かれ、二度と相まみえることのないまま亡くなったその無念の想いが、ようやく一つになる瞬間が来た。

互いの左手の薬指に指輪をはめるとき、二人はまるでなにか見えない絆《きずな》に引き寄せられているような錯覚を覚える。

永い別離の刻を越えて、ようやくアジャフと百合子の積年の想いはここに重なり合って一つの形を結んだ。

「では、誓いのキスを」

シャリフが花嫁のベールをゆっくりと持ちあげ、粛々と唇を重ねた。

――――芳那、ありがとう。

なつかしい母の声が、すぐ傍らで聞こえた気がした。


婚姻大典の儀式が終わったあと、王子とその后妃となった花嫁はリムジンでマハール王国最大で最高級のホテルへと移動した。

領民に、婚姻の報告と花嫁のお披露目を行うためだった。

ホテルには手入れの行き届いた広大な庭園があり、そこからホテルの二階にあるスイートルームのバルコニーが見える。

やがて準備が整った王子と后妃がそろってバルコニーに現れると、集まっていた二万人もの国民が盛大な声援と拍手で二人に祝福を送った。

遠目に見える花嫁は輝くばかりの白い肌が美しく、とても清楚《せいそ》でほっそりとしている。

堂々としたシャリフの隣で、実のところ芳那は内心、ひどく恐縮していた。

いくら偽装結婚だとわかっていても、これほど盛大な事態になるとは想像も及ばず、いたたまれない気持ちに押しつぶされそうで顔もあげられない。

そんな恐縮した花嫁だったが、先日、遺跡の工事現場で骨折していたロバを助けたときの行動が、見ていた国民の間から口伝えで拡散していき、優しい日本人獣医師の評判は一気に知れ渡っていた。

そのあと、実はあの御方は王子の后妃となる御方だとわかれば、そのときの芳那の行動に尾ひれがつき、それが美談となって周知の事実となる。

結果、日本から来た王子の花嫁は、優秀な獣医師でありながらも優しくて美しい人だという認識で、芳那は国民たちに迎え入れられている。

バルコニーから王子が白い手袋をした手を皆に振ると、拍手と喝采はさらに増した。

隣で小さくなっている芳那は、ただただその様子をうつむき加減で見ていたが、それがよけいに奥ゆかしい態度だと好感を持たれたのは言うまでもない。

婚姻大典の儀式と、領民への王子夫妻のお披露目が終わったその夜。

見るもの聞くものすべてが初めてづくしだった芳那の疲労は想像以上だったが、交合の儀式が終わらなければ正式な婚姻とは認められないという事実を、アジャフ国王の側近だった宰相から知らされた。

そんな事実は少しも聞いていなくて、シャリフを恨みたくなった。

でももし聞いていたとしたら、きっとこの婚姻を受諾しなかったと断言できるから、ある意味、確信犯のシャリフにしてやられてしまったのだろう。

ここまできて逃げおおせるはずもなく、これは儀式だと銘打っているのだから、あくまで形だけなのだろうと芳那は推察する。

そんなふうに、まだ心のどこかで楽観する自分がいた。

きっと本当に抱かれることなんて、ないだろう……。

形だけ、王子の寝所で一晩一緒にすごせばそれで許されると。

だが……甘かった。

その推測は、このあと身に受ける想像を絶する行為によって見事に打ち砕かれる。


今日の行事のすべてが終わったあと、花嫁衣装の芳那は一人だけ呼ばれて、迎えにきた美しい侍女たちに別の場所へ誘《いざな》われる。

真っ白な壁に四方を囲まれ、部屋の隅にタイル貼りの湯浴みスペースがある清潔な部屋に導かれた。

不安と胸騒ぎで視線をさまよわせると、室内には侍女が三人と、二人の侍従がいた。

リラックスするためと言われて、まず最初に得体の知れない少し苦みのある液体を飲まされる。

そのあと、平然と恐ろしいことを宣告された。

「芳那様、今からわたくしたちでお身体を清めさせていただきます」

「え？　………なに？」

侍女の一人が告げると、立っている芳那のウエディングドレスに手をかけて脱がし始める。

「ちょっ！　なに？　え？」

確かに交合の儀式と聞いているとはいえ、信じられずに思わず抵抗すると、傍観しているだけかと思っていた屈強な体軀の侍従が優しい力加減で両腕を背後からつかんだ。

背中から耳のうしろあたりが、ぞっとした。

強い力ではなかったが、まったく動けない。

そのまま芳那は美麗な侍女たちにドレスやペチコート、肌着などを一枚一枚、ゆっくり丁寧に脱がされていく。

もういっそ、乱暴にむしり取られた方がよほど恥ずかしくないと思えるほど丁寧に肌を暴かれることがたまらない。

ついに下着が取り払われたとき、思わずその場にしゃがみ込みたくなったが、背後で腕をつかまれているのでままならなかった。

「芳那様、失礼いたします」

丁寧な言葉遣いでそう言った侍従に軽々と抱きあげられ、そのままタイル貼りの湯浴みスペースに下ろされた。

それからあとのことは、思いだすのもはばかられるほどの淫猥《いんわい》な体験だった。

芳那は膝立ちの体勢で侍女たちにソープで全身を洗われ、今度は甘い匂《にお》いのするオイルを肌に塗り込められていく。

さらに驚愕《きょうがく》したのは、

「芳那様。恐れ入りますが、両手を床についてくださいませ」

めまいがしそうなセリフが侍女の紅を塗った唇から発せられ、本気で泣きたくなった。

従えないと首を振ると、またもそばにいた侍従に易々と四つん這《ば》いの形に這わされる。

「芳那様。こちらは香油でございます。では、失礼いたします」

そのあと尻《しり》のあたりで、にちゃにちゃとこねるような音がして、やがて芳那のあらぬところを濡れた指がなぞった。

「あ！」

驚いて声をあげるが、うしろを振り向く勇気はなかった。

おそらく、なにをされるのかわかっているからだ。

侍女の指がくぼみの周りに香油を塗り込め始め、唐突に一本が中に忍び込んでくる。

「あうっ」

唇を嚙んでいても変な声が漏れ、その感触にぞっと鳥肌が立った。

指は丁寧だが執拗《しつよう》で、何度も香油を足しながら奥まで濡らし、中を広げるように蠢《うごめ》く。

芳那はただ、うっうっと小さな声でうめいていやいやをするが、やめてはもらえなかった。

どれくらい時間が経っただろう。

侍女の指が抜かれてホッとした次の瞬間、なにか冷たいものが塗り込められる感触。

「な……に？　なにを、塗った？」

その直後、自分の身体の奥からじわっとむず痒《がゆ》いものが広がっていく錯覚に見舞われる。

「あ、あ……」

「芳那様、ご安心ください。副作用のない媚薬《びやく》でございます。初夜を痛みもなく迎えていただくためには必要なのです」

「あ、やぁ……だめ。中が……熱い」

今まで、まだ少しは思考する余地も残されていたが、それさえも奪われていく恐怖。

おそらく先ほど飲まされたものも、興奮を高める媚薬だと肌の震えで確信する。

身体が内側からじわじわと熟していき、少し触られただけで腰が卑わいに震えて陰茎に血液が集まるのがわかった。

恥ずかしくて死にそうだ。

「芳那様、こちらも……失礼いたします」

そばで芳那を見おろしていた侍従の一人が、小瓶に入った液体を指に垂らしてそれを乳首に塗り込め始める。

「ぁ、いやっ……やめて！　どうしてそんなところっ！　ぁ、ぁ……あぁぁ」

媚薬の効果は絶大だった。

乳首に塗られた瞬間、平坦だった胸の小さな飾りが、皮膚の表面から押しあげられるように突き立っていく。

それでも侍従は容赦なく、何度も媚薬を指に足して両方の乳首にたっぷりと塗り込んだ。

意識が朦朧《もうろう》としてきたのも、媚薬のせいだろうか？

遠いところで侍女の声が聞こえる。

ついに、硬くて冷たいものが自分の熱くなった内部に押し入ってくると、中が痙攣して異物に拒絶を示す。

それでも容赦なく奥まで穿《うが》たれた。

「これは象牙《ぞうげ》の張形です。こちらをしばらく挿れたまま、時間をおかせていただきます」

「そ……ん、な。う……ぅそ…だ」

「それから芳那様、勝手に自慰をされては困りますので貞操帯をおつけします」

侍女が手にしているのは、黒革のビキニパンツのような形状の簡易な貞操帯で、ベルト部分の真ん中に見える鍵穴《かぎあな》がなければ貞操帯には見えない。

ただ革製で伸縮性がないため、つけている本人への締めつけや拘束感は強かった。

脳が上手く機能しなくて抵抗もできなかったが、そのあと、侍女たちは芳那に白い薄手の夜着を着せると全員が退室して一人にされてしまう。

扉に施錠する音が聞こえたので逃げることは叶《かな》わず、芳那は為す術《すべ》もなく床に横たわった。

それからの時間は、文字どおり気が狂いそうだった。

中が熱くてうずいてたまらず、夜着を捲《めく》って埋められた張形を取りだそうとしたが、貞操帯は施錠されていて勝手には外せない。

張りつめた陰茎を慰めたくても、貞操帯の硬い革に覆われてどうしようもなかった。

芳那はただ、身を悶《もだ》えさせながら冷たい床でのたうっている。

優に一時間ほど経ったころ、ようやく侍従が現れていきなり芳那を抱きあげると、どこかへ連れていく。

「芳那様、今からシャリフ王子のもとへお連れいたします」

こんな状態で彼の前に連れだされるなんて、死にたいほどの屈辱だった。

広大な敷地面積を誇る宮殿の南側に位置する広い一角が、王子の居住区になっている。

そこの二階にある寝所には技巧を凝らした調度品がそろえられていて、シルクの敷布を張った広い寝台が立派な天蓋《てんがい》の下に置かれていた。

天蓋から垂れる幕は四本の支柱に巻きつけられ、そのせいで寝台がよく見える。

すでにシャリフは褥《しとね》の端に足を組んで腰かけたまま、花嫁を待っていた。

侍従は抱いてきた花嫁の身体を、丁寧に寝台の上に寝かせる。

「ご苦労だった。もう下がっていい」

大事そうに花嫁を運んできた従者に王子がねぎらいをかけると、彼は一礼して退室した。

芳那は愕然《がくぜん》としながらも、自分の置かれた状況を分析する。

寝台の周囲には椅子《いす》が四つ置かれていて、そこに宰相と式典で紹介されたばかりの元老院の長老が四人すでに座していて、花嫁へと視線を向けていた。

まるで、針のむしろのようだった。

「っ……」

火のついたままの熱い身体を肘をついて起こした芳那は、貞操帯の中の爛《ただ》れた有様のせいでとろんと蕩《とろ》けたまなざしをシャリフに向ける。

目が合った瞬間、王子の瞳が今まで見たことがないほど鋭くすがめられ、苦しみを味わっているかのように眉間が寄せられる。

ちっと忌々しげな舌打ちが聞こえて、芳那は恐怖で身震いした。

自分を見おろすシャリフの顔は、完全に雄のそれで……。

「シャリフ……ぁ、の」

なにか言いかけたが、シャリフの言葉がそれを遮った。

「宰相、長老殿、始めてよろしいか？」

彼らがうなずくと、服を乱すことのないシャリフは無言のまま褥に膝で乗りあげ、芳那の一枚しかまとっていない夜着の紐を解いて脱がせると、素肌をあらわにする。

「ぁ！　ぃ…やっ。シャリフ、やめて。こんなのいやだ。見るなっ」

悲鳴をあげて股間《こかん》を隠そうとするが、王子はそれを許さず芳那の両手を敷布に押さえて仰《あお》向《む》けに縫い止める。

白い肌は淡い桃色に染まり、媚薬を塗り込められた乳首は赤く腫《は》れたように尖っていて、ほっそりとした腰や尻は黒革の貞操帯で無惨にもがっちり覆われていた。

貞操帯しか身につけていない裸体を、余すところなく男の目にさらしていることが屈辱的で…。

「やだ。シャリフっ。離して！　嘘《うそ》だろう？　こんな儀式なんて形だけでいいじゃないか！　俺、お前と、セ……セックス…したって言うから。本当には……しないで！」

覆いかぶさる男にすがる目を向けて懇願するが、シャリフはまるで芳那の知らない者のような淡々とした形相をしていた。

「わたしに逆らうな。たとえ妻であってもそれは王子への冒瀆《ぼうとく》とみなされる。罪人にされたくないなら処女のように慎《つつ》ましくして、身も心もすべてわたしに任せていろ」

それは今後、自分が王子に服属することを強要する宣告だった。

「こんなの、聞いてないよ！」

媚薬のせいで潤んでいた目が、今度は未知の恐怖で水分量を増してゆらゆら揺らめく。

「おとなしくしていたら、まずは貞操帯を外してやろう。中がきつくて苦しいんだろう？」

「そ、れは……薬のせいでっ……」

シャリフの指先が貞操帯の前を撫でると、細い腰がぴくんと跳ねた。

それでも芳那はまだこの時点で、本当に抱かれることはないと、どこかで高をくくっていた。

この紳士的で常識人のシャリフが、男を抱くなんて本当にするはずがない。

これほどの美形だ。言い寄る女性は掃いて捨てるほどいるだろう。

いくら偽装結婚のためとはいえ、王子が本当に男を抱く必要があるのだろうか。

思考を巡らせていたが答えは出ずに、芳那は仕方なく静かになる。

とにかくこの、きつさを増す貞操帯から解放されたかった。

「ほ…本当に、これ……外して……くれ、る？　でも……鍵が、ないと外れないんだ」

「マハールでは妻の貞操帯の鍵は、いつも夫だけが持っている。さぁ、外してやろう」

シャリフは首にかけられた鎖を引いてその先に通された小さな鍵を摘《つま》み、それを芳那の貞操帯の鍵穴に差し込んだ。

かちりという乾いた音が寝所に響いて解錠され、黒い革の貞操帯が外されると……。

熱くなった雄が外気にさらされてしまう。

「あぁっ……いや、見ないでっ」

苦しかった箇所が解放されて安堵したが、今にも爆発しそうな状態の雄茎を見られることに一気に羞恥《しゅうち》が広がる。

中に塗られた媚薬と深々と中を穿ち続ける象牙のせいで、勃起《ぼっき》した幹はぐっしょりと濡れていた。

鈴口からは、じわりじわりと新たな蜜《みつ》が浮かびあがっては垂れていく。

それを見おろしたシャリフは音をたてて唾液《だえき》を嚥下《えんか》し、それが生々しく寝所に響いた。

己の浅ましいすべてを、王子だけでなく寝台の周囲に座した宰相らに静観されている。

こんな屈辱には耐えられなくて、精神が今にも焼き切れそうになる。

「男に抱かれるのは初めてなのだろう？　芳那、感じていることを恥じるな」

シャリフの美しい指先が、勃起して蜜をこぼす淫猥な茎に優しく絡みつく。

「あうん！　さ……触る…な。感じてなんか……な、いっ……や、握ったらやぁ……ぁ」

掌《てのひら》に包んで扱《しご》かれて顎《あご》がくっとあがると、シャリフは喉笛《のど》を震わせて可愛いなと囁く。

「感じてないだって？　おかしいな。ではなぜここは勃《た》っているんだ？」

こんなとき、男は嘘がつけなくて損だと、芳那はどうでもいいことを考えながら、うずく身体の熱を息を吐くことで逃そうと努める。

「あ、そんな……出てくる……や、だめ、だめっ」

貞操帯が外されて、後孔の口が蓋を失ったせいで、中に埋められていた象牙の張形が今になってゆっくりと押し出されてくる。

そのおぞましい感触に、芳那は身を震わせてかぶりを振った。

狭い孔《あな》の内壁は象牙のせいですっかりゆるくなり、いつでも王子を受け入れられるように万全に準備が施されている。

「馬鹿だな。芳那が感じて中を締めるから出てきたんだ。ほら、抜いてやる」

シャリフは半分ほど落ちかかった張形をゆっくり抜き取って、目の前にかざした。

湯気が立つほど濡れて熱くなった象牙の表面をシャリフは長い指で撫でると、ふっと鼻から息を吐くように微笑む。

「熱くなっている……後腔《こうこう》内でこんなになるなんて、さぞかし中は火照っているのだろう」

恥ずかしくてたまらないのに、内部を埋めていた硬い張形が抜き取られた口が、どん欲に収縮を繰り返してしまうのがわかった。

知られたくないのに、ぐしゅぐしゅと卑わいな音が鳴ってしまい、秘密がばれたような気がして息を飲む。

「ふふ……いやらしい奴だ。今すぐに物欲しげな中を埋めてやる。そう急《せ》くな。待ってろ」

「ぁ………ぃや。そんな……嘘っ」

シャリフは脱力した芳那の細い足を左右に押し広げて秘部をあらわにさらすと、今度は己の少しも乱れていない衣装の下衣だけをくつろげて雄を抜きだした。

「っ………！」

初めて見るシャリフの性器は赤黒い血管にまとわれ、凶悪なまでに勃起して先が濡れていた。

王子が己の怒張を数回扱くと、限界がないのかさらに恐ろしいほど体積を増す。

「やだ、お願い……そんな……の、ほんとに挿れないでっ」

長さや太さといった質量も並はずれていたが、男の怒張で最も特徴的なのは大きく張りだした立派なエラだった。

あんなものを突っ込まれてやわな腸壁を刮《こそ》がれたら、きっと自分は正気を失って気がふれてしまうだろう。

医療の知識が他より多い頭で想像するだけで、未知の恐怖がふくれあがる。

「芳那、挿《はい》るぞ」

雄々しい凶器が小さな窄《すぼ》まりに押しつけられ、ぐっと圧がかかったとたん、カリの部分までが一気に埋まった。

「あ！　ぅぁっ……や！　ぃやっ！　……怖いっ……シャリフ、抜いて」

だがどういうわけか、強い圧迫感はあるがなぜか痛みは少しも感じない。

侍女たちが媚薬や張形を使って内部をほぐしてくれたことが功を奏したみたいだが、それが逆に芳那を追いつめて苦しめる。

痛みがなければ、あとは快感だけがすべてを支配するからだ。

様子を見るように少しずつ穿たれて、そのたびに内襞《うちひだ》がぞくっと快感だけを拾ってしまう。

際限がわからなくて、それが怖かった。

「ぁっ……シャ…リフ、シャリフ。もう、挿った？　全部……挿っ…た？」

強くはないが、さざ波のように途切れない愉悦に飲まれそうになって、葛藤《かっとう》しながら問う。

「悪いが、まだ半分だ。もう少し頑張ってくれ」

「そ……そんなの、嘘だ」

「だったら触ってみろよ。ほら……」

シャリフはためらう手をつかんで、二人が繋がっている箇所を強引に触らせた。

「あっ……やだ……ぁ、あっ！」

「ん？　どうかしたか。まだ半分しかお前に挿ってないとわかったろう？」

「……信じ、られない。それに、ぁ……熱い」

火傷《やけど》しそうなほど竿《さお》が熱を持っているのはシャリフも同じで、そんなところに少しだけ安堵したが、たしかにまだ全部は埋まっていなかった。

「そうだな。わたしもお前と同じだよ。さぁ、奥まで挿るぞ。早くすませよう」

短く告げると、シャリフは芳那の両膝をすくいあげてからぐっと腰を突きだし、その一息ですべてを埋めてしまった。

「あっ！　……あぁぁ……っぅ」

想像を絶する快感に襲われ、ももの内側の筋肉がそれに抵抗しようとひきつった。

だが、そのままゆるやかに抽送が始まってしまい、芳那の目尻にたまって揺れていた水が蝋燭《ろうそく》の光を弾《はじ》いて頬をすべり落ちていく。

シャリフのわずかに乱れたかすれ声に肌が震えるが、初めてとは思えないほどの淫靡《いんび》な快感が芳那の理性を突き崩していった。

足をこれ以上ないほど押し広げられ、抉《えぐ》るように腰を突かれるたび、腹の奥深い部分まで達した竿が媚薬に犯された粘膜を内壁ごと擦り立てる。

「う、ぁ、ぁ！　いやぁ…ぃあ……ぁ」

そのたびに芳那は頭のてっぺんを敷布にこすりつけるくらい顎を反らしながら、過ぎた悦に泣き崩れた。

媚薬のせいなのか、腰を揺すられるごとに度を超した悦があらぬ場所から湧き起こり、肺

の中に熱がたまっていく。

「ぁ、ぁん……は、ぅぁ……っ、ぁ、は！」

懸命に息を吐いても熱を散らすことさえできなくなったとき、息が喘ぎに変わっていた。

どれほどの間、犯され続けていたのか……ほんの短い刻だったのかもしれないが、すでに時間の感覚がなくなっていたようだ。

耳朶《じだ》に寄せられた唇から、獣のうめき声が息と一緒に押しだされた瞬間、腰の一番深いところに大量に叩《たた》きつけられる体液の温度を感じた。

そして……。

「っ…………く」

少し遅れて芳那もまた、シャリフの腹から胸にかけて粘ついた白濁を散らしていた。

「あ……ぁ、ぁ、ぅぅ……」

大量の精子を注ぎ込まれた腹の中が、灼《や》けるように甘やかにうずく。

達しても一向に硬さを損なわない驚異的な精力を見せつける雄がゆっくり抜かれると、媚《こ》びた甘い音が芳那の喉から漏れてしまった。

摩擦で赤く腫れた孔の口から、こぷっと淫猥な音をたてて注ぎ込まれた白濁が流れだす。

そのとき、シャリフは芳那の片足を恥ずかしいほど掲げ、中からあふれ続ける精子をすくうと、確認できるように宰相や長老たちに濡れた指を見せつけた。

大量に注がれたそれがまだ漏れ続けているのが恥ずかしくて、芳那があえて充血した口を締めようとしたことで、逆に奥が締まって吹きだすように精液がぴしゅっとほとばしってしまった。

その場にいた誰もが、強引に広げられた花嫁の後孔に思わず目をやってしまう。

「いやっ……見ないで」

無意識の潮吹きにも似たそれは恐ろしく卑わいで、シャリフは苦く舌打ちをして己の唇を舐《な》めまわす。

宰相たちは夫婦の交合の証を見届けたあと、黙したまま静かに退室していった。


「え！　な…に？　なんだよ。もう、必要ない……だろ？　どうしてっ……シャリフ！　いやだ。もう、放せって！」

ようやく夫婦だけになった直後、戸惑いと焦りの入り混じった悲痛な懇願が寝所に響く。

「芳那。忘れたのか？　わたしに逆らうことは許されない」

覆いかぶさってくる分厚い胸板や強靭《きようじん》な腰を突っぱねようとするが、媚薬に犯された身体では力が上手く入らない。

闇雲《やみくも》に暴れていると、勃起したままのペニスに手の甲が偶然あたってしまい、芳那はまるで生娘のように初心《うぶ》に飛びあがった。

「なっ！　ど、うして……？　どうして、まだ……こんな…っ」

ためていた空気を吐きながら声を乗せると、今度は吸い込む音が芳那のあせりを象徴する。

王子は優雅な手つきで、自らの衣服をすべて脱ぎ去った。

彫像のように逞しい裸体とそそり勃つ怒張が目の前にさらされ、思わず喉が鳴ってしまう。

「どうして、わたしが勃ったままなのか……ということを、お前は訊きたいのか？」

花嫁の白い肌は、先刻の儀式的な交合でまだ指先までピンクに染まって扇情的だった。

「自分でもわからない……今の芳那は、わたしの知っている気品のあるお前ではない。とても淫《みだ》らなのに可愛くて。だから……わたしがいつまでも勃起しているのは芳那のせいだ」

「なっ！　そ、そんなのっ！　勝手っ……ぅ………ぁぅ」

言い返そうとしたが、先ほどとは打って変わった丁寧な愛撫《あいぶ》が唐突に始まって、抵抗しようとするたびに甘く低い声で「じっとして……」と優しく咎《とが》められた。

手と唇を駆使して念入りに愛されていく肌が、敏感に仕立てあげられていく。

胸に咲いた花芽のような乳首に、長い男の指がしつこく絡みついてこねまわした。

たったそれだけで声が喉からあふれ、遅れてきた唇がちゅっと音をたてて乳首に吸いついて甘く嚙みしだく。

「ぁ……ぁん…や……そこ、や……めて。どう…して。なぁ……どうして？」

芳那は否応もなく反応してしまい、まるで拷問でも受けているかのように敷布の上で身を震わせて甘やかにのたうつ。

「わからない。わからないんだ。ただ、わたしは……芳那に、興味がある。今宵《こよい》は……まだおまえを離せない。っ……芳那、また中に、挿るぞ」

ピンと反ったつま先が、シルクの敷布に深い波紋を何度も刻みつける。

「なんだよそれ！　ぁ……やめっ……もう、ぃやだ…っぅ。また挿ってきたら……ぁ、許さないからな！　あ、ぁ！　絶対に、追いだしてやる……からっ……ぁ、あ。よせ、よせっ」

ガチガチに勃起したペニスが、芳那の粘液に濡れた秘唇を割って容易に進んで最奥に届く。

「……ぁぁ、ぅん！」

一気に敏感な皮膚が広がり痛ましいほど淫襞が伸びきってしまうのは、男の竿が凶悪なまでのサイズだからだ。

シャリフは抗《あらが》う手首をつかんで両方とも敷布に縫い止め、芳那の腰を串刺しにしたまま膝立ちになる。

「あ、ぃぁぁ！」

手で腰をつかんで持ちあげているわけでもないのに、剛直で深々と差し抜かれているせいで、芳那の腰は繋がったまま敷布から高々と浮きあがる。

「ぁ————！」

切迫した悲鳴にも似た長い喘ぎが、開け放った窓をすり抜けて蒼《あお》い星空に溶けていく。

媚薬で爛れた媚肉が痙攣を起こしたように雄茎を小刻みに締めつけることで、その大きさを自らの媚壁によって知らされて目尻に涙があふれた。

抽送は荒々しくも不思議なほど純粋で、芳那は狂ったように髪を散らして首を振りたくる。

「や……ぁ、やっ……やめっ…………もぅ……ぁ、あっ、ぁふ！」

芳那のももを抱え込んだシャリフは、真上から抉るように腰を振り立て続け、宙に浮きあがった哀れな足の先がガクガクと痙攣して震えた。

「芳那……芳那！　……お前の中は、たまらない……っ」

「やだっ……シャリフ、シャリフ……そこ……やめ。奥……奥、だめ…だめ、だめっ」

唇からあふれる音は言葉の形になる前に、締まった喉で押しつぶされる。

「男は……ここ、が…いいらしいが。お前も……そう、なのか？」

シャリフが腰をまわすように動かして媚襞を抉ると、前立腺《ぜんりつせん》の上のわずかに隆起した皮膚を屈強なエラが引っかけて粘膜ごとこすりあげる。

「やぁ！　そこ……そこ。やだ！　ぁ、ぁ、こすら…ないで。そこは、もう……しない…で」

「嘘をつくな。お前のものは……勃ちっ放しじゃないか。なぜ…ここが、いやなんだ？」

そんなの決まっている。怖いくらい、感じ……すぎるから。

芳那は唇を噛みしめて声を遮蔽するが、シャリフは是が非でも答えさせたいようだ。

「言わなければ、ここばかり責め立てるぞ。お前が狂ってしまうまで、ずっとだ」

そんな……ひどい。

芳那は男の首根に両腕ですがりつきながら、観念したように喘ぎに紛らせて声を乗せる。

「シャリフの……が出てくとき、そこ……を、抉るみたいにこすっていくから……ぁ、ぁ」

「ここをこすられたら、お前はどうなるんだ？」

芳那は精いっぱいの強い視線を送りつけるが、男が不穏な動きを見せるとすぐ観念する。

「そこが…すごく……感じ…るから。ぁ！　だからお願い、ぁ、や。まだ止まってて。だめっ！　……ぁ、あ！　お願い……抜くときは……そっと。ゆっくり……してっ」

誘い文句にしかならない苦情と懇願に苦笑が漏れた。

「お前は本当に可愛い」

ちゃんと答えた褒美とでもいうように、今度は鈴口からあふれる蜜で濡れそぼった芳那の雄茎を掌で包むと、ゆるく扱きあげる。

「あ、そっち……だめ…触ら……な、でぇ。あ、そんな。や、や、速く動くのは……だめ」

シャリフはさらに腰をゆっくり深々と埋め込んで、芳那が油断すると一気に引き抜いた。

「ぁ――――！　ひぅっ」

芳那は舌足らずな幼い言葉を息に混ぜて、ひどいひどいと繰り返して泣く。

首や背中にしがみつく指が延々とシャリフにちくりと痛みを与えていて、芳那の身に受ける快感が偽りでないことは明白だった。

間違いなく身体の相性は最高にいいと、シャリフは一人ほくそ笑む。

それに……いつも凛としてストイックで清楚な芳那の面相が、己の手淫によって快楽に歪んでいく様を見て激しい興奮と庇護欲、さらには嗜虐《しぎゃく》欲を覚えてしまう。

「お前の喘ぎ声はたまらなく男を興奮させる。いい声だ。もっと聞かせてくれ」

「やっ、いやだ。もう放して……放せってば……ぁ、ん……胸…舐めな…で…やだっ」

抵抗されるほど、シャリフは興奮してもっと喘がせたい衝動に駆られる。

こんなふうに高揚するのは、これまで関係した誰とも芳那は違っていたからだ。

今まで抱いた女も男も、皆自分に媚びるように自ら身体を開いた。

だがシャリフが組み敷いている細い肢体は、抗いたいのを耐えるように、せめてもの抵抗とばかりに切れるほど唇を噛んで声を殺し、愉悦に歪む顔も隠そうと躍起になっている。

「見るなよ……顔、ばっか…見るなってば……ぁ、ぁぁ……ぅん」

抵抗する姿に新鮮さを覚え、シャリフは何度も繰り返し新妻の熟れた秘奥に己を沈めた。

めちゃくちゃに腰を使って、泣くのもかまわず前立腺を狙《ねら》って責め立てる。

中に放った精子が媚薬や香油と混ざって、まるで濡れているように芳那の中からぐちゃぐちゃと粘着質な淫音と汁があふれだした。

それでもまだ理性を保とうと必死になるのを許さず、シャリフは突き壊す勢いで一点を狙って硬い肉で前立腺を抉り倒す。

ついには完全に我を失って愉悦に染まった芳那は、すがりつく逞しい肩に何度も爪を立てて甘い声をあげ続け、赤い痕をいくつも残した。

ストイックに見えた芳那も最後には媚薬と熱烈なセックスによって、その高潔な肉体を淫らに変えられてしまい、それを見おろすシャリフにとって妻は極上の美酒そのものだった。

「芳那……お前、まだ正気か?」

王子の顎からしたたる汗が白い頬に降り落ちたとき、芳那は少しだけ我に返って相手を見あげる。

シャリフの精悍《せいかん》で洗練された美貌が快感に歪んでいる様は目新しく扇情的で、胸がぎゅっとつかまれたように息苦しくなる。

「っ……」

なにか言おうとしたが、結局は過ぎる快感に口を開いただけで、もう甘い媚びた喘ぎしか漏れなかった。

「あぅ……は、ぁん……シャリフ……シャ…リ……っ」

それからあとの時間は、芳那にとっては果てのない甘い拷問の刻だった。

逆にシャリフにとっては、これほどセックスに溺《おぼ》れることなど初めてで、己の下に組み敷いた妻が揺さぶるたびに腰をくねらせる姿に壮絶にあおられ、手放せずに延々と翻弄《ほんろう》し続けた。

それでも意識を飛ばす直前、涙とよだれにまみれた芳那の表情は、淫靡でありながらもとても満ち足りた色に染められている。

「芳那……今なら言えるだろう？　正直に……気持ちいいと、言ってくれ」

「…………ぅ…ん。シャリフ………気…持ち………ぃぃ…よ」

「可愛い……芳那。お前が、たまらなく可愛い………」

明け方近くになってから、シャリフはようやく汗や淫液にまみれた肢体を解放した。

そして、手近にあったリネンのタオルで身体を清め始めたが、芳那の眠りは深く目を覚ます気配は微塵もない。

安らかな寝息をたてる妻を、まるで閉じ込めるようにシャリフは胸の内側に抱き込んだ。

「芳那……無茶をさせてすまなかった。大丈夫か？」

声をかけたが、やはり返事はなかった。

疲労と愉悦の両方の余韻が残る、赤く泣き濡れた目元を見つめていると、また腰が重くうずいてしまうのに苦笑し、シャリフはそんな自分の変化を考えていた。

こんなことは、過去に一度たりともなかった。

性交のあとも相手を、ずっと腕に抱いて離したくない気持ちになるなんて……。

胸に満ちる甘い衝動がシャリフを動かしていた。

芳那は、今まで知り合った誰とも違っていた。

強い意志と使命を持った命は自らが身の内側から恒星のように光り輝いていて、それが眩しくてたまらない。

胸に息苦しいまでの熱い感情が込みあげ、正体のわからないそれに畏怖を覚えたシャリフは、あわてて咀嚼して飲み込んだ。

「芳那……お前は、これまでわたしのそばにいた誰とも違う」

マハール王国の次期国王となるシャリフ。

彼はまるで、国家の指導者になるために生まれてきた覇王のような男だった。

常に国政や国民のことを考える彼は内部紛争の責任を重く受け止め、国民の生活環境を整えようとこれまで脇目も振らずに励んで邁進してきた。

派手な外見に反して真面目で実直なシャリフは、これまで本物の恋というものを経験する暇はほとんどなかったし、映画のようなときめく出会いもなかった。

シャリフもまた、孤独な魂の癒《いや》しを誰に求めることもできないまま、そうやって真っすぐに成長してきた。

孤高の帝王は、まだ心を焦がすほど誰かを愛するということを知らない。

憔悴《しょうすい》して意識を手放すように眠った芳那の顔貌《かおかたち》は、父、アジャフ国王が愛してやまなかったあの写真の美しい女性、百合子に瓜《うり》二つだった。


朝は静かにやってくる。

ふと、誰かに名前を呼ばれて芳那がぼんやり目を開けると、穏やかな声が落ちてくる。

「おはよう芳那。わたしの腕の中で、心地よく眠れたか？」

「ん～ん………」

ゆっくりと意識が覚醒《かくせい》していく。

天蓋のある豪奢《ごうしゃ》な褥で目覚めた芳那は何度かまばたきを繰り返したあと、自分がシャリフの裸の胸にしっかりと抱きしめられて眠っていたことを知って目を見開いた。

「……シャリフ！　ここは……」

「案ずるな。わたしの寝所だ」

「えっ？　………ぁ！」

少し動くと腰が鈍く痛み、昨夜《ゆうべ》、逞しい肩や腰に夢中で巻きつけていた腕も足も、まだ痙攣していたようだった。

そんな芳那に、昨夜の甘さの一切をそぎ落とした男が覇王の顔をして強固に命じる。

「芳那、よく聞け。昨夜、わたしたちは宰相たちの前で交合を果たした。これでお前は正式にわたしの伴侶となった。だから契約期間が終わるまでは許可なしに国外に出ることを禁じる。そして芳那には歴代の王妃が住んでいた翡翠《ひすい》の館と呼ばれる離宮に入ってもらう」

贅《ぜい》の限りを尽くした翡翠の館は、別名、翡翠の牢《ろう》とも呼ばれていて、正妃だけが住むことを許される場所だった。

マハール王国の婚姻の形態というのは、夫が離宮に住む王妃のもとに通う通い婚で、王妃は夫が訪れてくれるのをただ待っているだけ。

言い換えると、国王は自由気ままに他の者を抱くことができる仕組みだった。

「それから、念のために芳那にボディーガードをつける。まぁ、警護だけでなく、監視の意味も含まれることを忘れるな。夜は逃げられないよう、身体の一部を拘束させる」

「は？　俺は約束を違《たが》えて逃げたりしない……監視なんて、冗談だよな？」

ある意味、軟禁生活のような現実を知らされて、芳那の失望は想像以上のものだった。

「悪いが、すべてが現実となる」

結局、なに一つ信じてもらえていないことを痛感して、胸がつかえるようだった。

「なぁシャリフ、一つ確認したいんだけれど、お前と、あの……昨夜みたいなことをする必要は、もうないんだよな？」

これは偽装結婚なのだから、性交渉まで強要されることはないはずだと芳那は念のために訊いてみる。

確かにそれは正論だったが、王子はそのとき、男としてひどく卑怯で浅ましいことを考えた。

昨夜の芳那とのセックスは予想外に刺激的で官能的で、久しぶりに満ち足りた。

それなのに、もう芳那を抱けないなんて絶対にあり得ないと傲慢な欲が頭をもたげる。

シャリフは、本能に任せた稚拙とも言える理不尽な欲求に従うことにした。

「悪いが、それは約束できない。芳那はわたしの妻となったのだから、いくら偽りの関係だとしても、わたしが求めれば従う義務がある。わたしはお前の夫だ。これから先も芳那を抱くかどうかはわたしが決めることで、お前に拒否する権利はない」

契約を交わした当初に芳那に言ったことと矛盾している自覚はあったが、シャリフは横柄な態度で言いきった。

夜の関係についての詳細な取り決めなど、偽装結婚を決めるときにはしていなかったことがシャリフに幸いしたと言えよう。もちろん契約書にもそんな記載はない。

それを知って啞然とする芳那だったが、逆らう術はない。

「でも、そんなの………俺は、困るよ……」

「だが……芳那。お前はわたしにまた抱かれることをいやがっているようだが、昨夜のお前はまんざらでもなかった。わたしにすがって喘ぐ姿はとても蠱惑《こわく》的で可愛かったよ」

堂々と告げて悪い顔で含み笑う男に対し、芳那は手元の羽根枕《はねまくら》を力いっぱい投げつけてやる。

「そんなはずないだろう！」

「そうか？　では、わたしの背中が痛いのは、どういうことだろうな？」

声をたてて盛大に笑いながら背を向けるシャリフの肩口に、いくつもの赤い爪痕を見つけた芳那は息を飲んで凍りつく。

「そ……そんなの、俺がつけたって証拠があるのか？」

今もまだ薄く血がにじみ、かさぶたにもならない生々しい引っ掻《か》き傷の状態では、その原因が昨夜の情事以前に誰かがつけたものとは考えにくい。

恥ずかしさを怒りでごまかそうとする幼い態度に、シャリフの笑いがさらに深まった。

喉笛を震わせる失礼な態度にいらだちが募ったが、シャリフはすぐに甘い顔になって労《いたわ》りの言葉を優しく与えてくれる。

「芳那、昨夜はずいぶん無茶をさせて悪かった。おそらく今日は寝所を出られないだろうから、ゆっくり休めばいい。あとで朝食を運ばせてやる。翡翠の館に移るのは急がなくてもいつでもいいんだ。お前が望めば毎日でもわたしの寝所で眠ってもかまわない」

そう言った直後に、シャリフはそんなことを誰かに許可するのが初めてだと気づく。

「そんなの、いらないに決まってるだろ！」

昨夜、芳那は痛烈に思い知らされた。

紳士的な顔をしているシャリフが、その仮面をはげば実は飢えたケダモノだということ。

こんな男と毎晩一緒の寝台で眠ったら、なにをされるかなど容易に想像がつく。

下衣をはいただけの格好で寝室から出ていくシャリフを、芳那はあわてて呼び止める。

「ちょ、と。待てよ！　服、上も着てから行けよ」

必死の形相の妻の様子に、どうしてだとシャリフが首を傾げる。

「だって、それ……肩の爪痕。ちゃんと隠しておかないと恥ずかしいだろう！」

懸命に言い募るが、シャリフはただ、ふんと面白そうに鼻を鳴らす。

「誰に見られたら恥ずかしいんだ？」

「そんなの、じ…侍女だって従者だって、廊下にもたくさんいるんだから、誰にでも見られたら恥ずかしいに決まってるだろっ！」

「そうか？　わたしはむしろ歓迎するよ。妻がわたしのセックスに溺れきって夢中でつけた爪痕なんて、夫にとっては勲章以外のなにものでもないからな。むしろ見せつけて自慢したいくらいだ」

「ぉ……お前……最低だ」

怒りで頬を真っ赤に染めて唇を震わせ、まだなにか叫ぶ芳那を寝所に残し、シャリフは盛大に笑いながら今度こそ扉から消えていった。

この日から、芳那にはボディーガードがつけられた。名を、ナディールという。

彼はマハール王国の后妃を護《まも》る大役を、王子から直々に仰せつかったようだ。

見目よく逞しい体軀のその青年は、年齢はシャリフより一歳下らしく、マハール国軍に所属する大学出の幹部候補生らしい。

アラブ圏内ではめずらしい金髪碧眼《へきがん》は目にも眩しいくらいで、彼が西洋の血を引いていることは疑いようがなかった。

ナディールは文武両道で、将来は軍を背負って立つほどの幹部になる大物だとして、シャリフは彼を買っているようだ。

芳那には逃げるつもりなど皆無だったが、昼間は常に視界に届く範囲にナディールの護衛がつき、夜は身体の一部を寝台に繋がれて眠る毎日が続いた。

まるで軟禁状態で自由を奪われ、息が詰まりそうになる。

「后妃様、お許しください」

毎晩、形だけの謝罪を口にするナディールに鎖で繋がれるのは、あまりに屈辱的だった。

気持ちを落ち着ける場所も、なにもない毎日。

せめてピアノでもあったら、少しは憂鬱《ゆううつ》な気分を紛らすことができるのにと考える。

東京《とうきょう》都内にあった実家には母の形見のピアノがあって、母亡きあとも時々弾いていた。

最近の芳那は日本での暮らしをなつかしく回想することが多かったが、そんなどこか覇気のない后妃を気遣って、シャリフは仕事の合間に国内の遺跡巡りに連れだしてくれた。

それはたいがい国民が集まる場所が多く、単に自分たちが幸せな夫婦だとアピールするための策だと知ってはいても、優しくエスコートされるたびに嬉しくなる自分がいる。

海外に出張に行くことが多いシャリフだったが、彼は国内にいるときは基本的に二人で食事もしてくれた。

それら全部が偽装の優しさだと承知していたが、日本からはるか遠くアラブの地で孤独を感じている芳那にとって、寂しさを紛らせてくれる唯一の温かさだった。


その日、シャリフは二人で朝食をともにしたあと、芳那を観光地に連れだしてくれた。

王子夫妻と二人のＳＰ、ナディールを乗せたリムジンが砂漠地域を走行すること約一時間ほどで、目的地に到着した。

広大な砂漠の真ん中にあるワッハーブ城遺跡は、砂漠に突然現れたオアシスの緑地帯に沿って発展した都市遺跡から続いていて、広大な規模を誇る石の建造物の遺跡群は、訪れた者を一瞬にして歴史のはるか彼方《かなた》へと誘うほど壮麗だった。

都市遺跡から続く小高い丘の上に建つ城跡までは石の列柱が路の左右に整斉と続き、山頂に建つワッハーブ城跡には、マハール王国の守護神ゼオの巨像が今も祀《まつ》られている。

どこか神聖な風格を醸して大地に鎮座するこれらの遺跡群は、この荒涼とした砂漠の風土の中で長年にわたり風化に耐えてきたのだろう。

列柱の間の石板を敷きつめた路を今、二人は上へ上へと連れ立って歩みを運んでいる。

丘陵の頂に建つ城跡を見あげると、まるで空に溶け込んで天空に浮かぶ城のように見えた。

「芳那、大丈夫か？　疲れたなら少し休むが」

「いいよ、このくらいの坂なんて平気だから」

体力がないわけではない芳那は、シャリフが気遣って手を引いてくれるのが気恥ずかしくて何度も放そうとしたが、逆に王子は笑って握る手を強く結んだ。

「そういやがるな。こんなときでもないと、后妃はわたしに手も握らせてくれないからな」

そんな不平を漏らされたときには、思わず頬が熱くなって甘い気持ちに侵食されてしまう。

初夜の寝所であれほど我が物顔で熱烈に無垢《むく》を拓《ひら》いておきながら、よくもそんな戯《ざ》れ言が言えたものだ。

そんな妻の胸の内が読めるのか、シャリフはさらに蕩けるような優しい双眸《そうぼう》をすがめて見つめてくる。

確かに初夜以来、甘い雰囲気になるのを芳那自身が避けていることは否めないが……。

「いいだろう芳那？　手を繫ぐくらい許してくれないか」

「でも、だって。は、恥ずかしくないのか？　うしろ、ほら。SPも、ナディールだっているんだし……」

次期国王となるシャリフには、常に二人の屈強なSPが護衛についていた。

「わたしたちは神の御前で永劫《えいごう》を誓い合った夫婦だ。なにを恥ずかしがる必要がある？」

「だって……それは……」

偽りの婚姻だと口にすることができないのを知っていて、訊いてくる性悪な男。

「ほら、もう少しだ。行こうか」

初夜を迎えた翌朝、いつでもわたしの好きなときに抱くと宣言をしたシャリフだが、あれ以来、強引に后妃の住む翡翠の館を訪れたことはない。

だから、もちろん王子に抱かれることもなかった。

半時ほどして、ようやく二人は守護神ゼオを祀る神殿の、最奥にある玉座の間に立つ。

当時はおそらく、金や銀、宝石や瑪瑙《めのう》などが壁や支柱の装飾として多くちりばめられていたに違いない。

現在は壁のほとんどが崩れた城跡の最奥には王の間があり、石の玉座が置かれている。

そこは二人が登ってきた城跡の入り口と対角にあって、遺跡の背面側は崖になっていた。

シャリフは芳那の肩を抱き、城跡の崩れ落ちた壁からはるか下界を眺める。

「芳那。見てみろ……美しいだろう？　わたしはこの場所に、芳那を連れてきたかった」

いつの間にか陽は傾いて、空が淡いフラミンゴカラーに染まっている。

斜めになった太陽が、凸凹《でこぼこ》した砂漠の表面にテキスタイル模様のような陰影を映しだし、とても幻想的な景色が広がっていた。

「綺麗だな……遠くに望む都も、それから……空も、砂の大地も。あと……風も、綺麗だ」

「……風？　どういう意味だ。風が……綺麗？」

そのとき、后妃の羽織るローブが風にたおやかに靡《なび》いて天空に向かって散ると、白いローブがまるで朱色に染まって空と同化しているように見えて美しかった。

シャリフはそれを眺めて、ようやく納得したようにうなずいた。

「お前は時々、不思議なことを言う。風が綺麗だなんて言う奴は初めてだ。でも……今、わたしにも確かに風の色が見えたよ」

風は古来より、雨を連れてきて種を飛ばし、はるか遠く自由に天を翔《かけ》て人の心を久遠の世界に誘う。

「うん……」

こうして陽が傾くと、砂漠特有の気候で、このあたりの気温は急激に下がる。

ふと突風が吹いて芳那が思わず肩をすくめると、シャリフはジャラベーヤの上に着ていた羽織を脱いで后妃の肩にかけ、強く抱き寄せた。

「え？　ちょ…なにするっ」

「砂漠の夜は冷える。我慢するな。寒いんだろう？」

優しい声が胸の奥まで浸透すると、血流は得てして速くなる。

「いいって。俺は別に寒くない。大丈夫だから」

熱い血潮のその意味に気づいているのに、どうしても素直になれなかった。

「違う。わたしが寒いんだ。お前の夫が風邪《かぜ》をひいてもいいのか？　さぁ、温めてくれ」

どうあっても離れない腕は強靭で頑固で、憎らしいのに好ましく思える自分がいやになる。

もういい加減あきらめると、芳那は逞しい胸にもたれて肩の力を抜いた。

そのとたん、もっと深く懐に閉じ込められる。

「この国は本当に美しいだろう？　見えるか？　あれがマハールの首都だ」

そうつぶやく王子をその懐から見あげると、野心と愛情に満ちた瞳がはるか遠く、マハールの都を見つめていた。

ワッハーブ城跡から遠く望むマハールの首都は、夕日を浴びてまばゆい輝きを放つ。

砂漠の最果てに眺望できる、麗しくも豪壮な黄金都市。

それは、マハール王国の長い歴史変遷の結晶であり、理想郷を具現化したような奇跡の都市だった。

芳那もその黄金に輝く都を瞳に映す。

「……うん。本当に綺麗だ」

「わたしは……芳那。この国を、もっと豊かにしたい。誰もが飢えることなく平穏に暮らし、いつも子供が生き生きと駆けまわっているような国を作りたい」

彼がこんなことを話すのが少し意外で、芳那はなにか裏があるのかと男の表情を探るが、そこには決意だけがあふれていることしか見て取れなかった。

本当に綺麗だと思った。

この国も、やがて国王となるであろう、精悍なこの男の顔も。

騙されたような形で身体を奪われ、軟禁状態で監視までつけられて……そんな仕打ちを受けてもなぜか憎めないのは、やはりシャリフが魅力的だからなのかもしれない。

あきらめにも似た気持ちで芳那はそう結論づけた。

「シャリフの言うとおりだ。世界中のどこの国でも、子供たちには無条件で幸せになって欲しい」

太陽が完全に砂漠に沈むとき、シャリフは腕の中の妻の頬に唇を寄せて甘く口づけた。

マハール城跡を巡った帰り、シャリフと芳那は郊外の街にある規模の大きなレストランで、多くの国民たちから歓迎を受けていた。

百席ほどある広い店内には仕事終わりの労働者があふれていて、中央あたりの席にシャリフと芳那の席がある。

次々と運ばれてくる郷土料理はどれも美味しくて、長時間歩いた芳那はたくさん口にした。

それに気をよくした店主は、「王妃様に！」と次々と料理を運ばせる。

「なぁシャリフ、俺、王妃じゃないってみんなに言ってくれないか？」

「母が死んでから国民は新しい王妃を待ちわびているんだ。王位継承はまだ先だが、わたしの妻になった時点で芳那は彼らにとって王妃なのだろう。だから気にせず笑っていてくれ」

「……そうなんだ。うん……わかったよ」

なんだか気恥ずかしいが、そういう理由なら周りに合わせるしかない。

それにしても、店にいる誰もが気さくにシャリフに話しかけていることに芳那は驚いた。

皆が王子を慕っていて、彼が国民にとても愛されていることをうかがい知る。

でも、それはなぜだろう？

もしかして、シャリフは本当に賢王なのかもしれない……と芳那は感じた。

その後、彼らは口々に王子に対し、さまざまな要求を語って聞かせ始める。

病院近くの橋が古くなっていて危険だとか、子供たちが学校に通う道路を整備して欲しいだとか、シャリフはそういう声を一つ一つ丁寧に聞いている。

この店に来たときから同席したシャリフの部下らしい男が、それを全部メモに取っていた。芳那は次期国王になるだろう彼がなぜ、こういう民衆が集まるレストランに足を運ぶのかがようやくわかった。

シャリフは労働者たちから気さくに要望を聞ける位置に在るために、こういう大衆的な場所を訪れるのだろう。

やがて酒がいい感じにまわってきた頃、シャリフが弾き語りをすると言いだした。

クラシックギターを受け取ると、隣に座る芳那の瞳を見つめたまま彼は弦を弾き、穏やかなアラビア語で歌い始める。

その声はとても耳に心地いい低音で、言葉はわからないのに甘い温度だけが伝わってきて芳那は困った。

熱く謡う次期国王の様子を、労働者たちは冷やかすような仕種で笑顔で見守っている。

新たにワインを注《つ》ぎに来た品のよさそうな若いウエートレスが、英語で芳那にそっと耳打ちする。

「王妃様、シャリフ王子が歌われているのは、愛する方に己の生涯を捧げると誓う歌ですよ。とても愛されておいでなのですね。シャリフ王子はこの国の女性の誰もを虜《とりこ》にしてしまうような魅力的な御方です。きっとすべての女性が王妃様をうらやましがるでしょうね」

これが愛の歌だと知らされて、どう反応すればいいのか、妙にこそばゆい気持ちになる。

それに、王妃様と呼ばれるのにもまだ抵抗があった。

やがてシャリフの歌が終わると、彼は芳那の手を取ってその甲に接吻《せっぷん》を落とした。

濁りのない真っすぐな双眸は、芳那の心までゆったりと満たしていく。

自分が耳たぶまで紅く染まっているのがわかって、店の照明がオレンジ色であることに思わず安堵した。

喝采がやまないまでに、今度は皆が芳那に口々になにか語りかけてくる。

先ほどのウエートレスが、再び耳打ちしてくれた。

広い店内の奥にあるステージ上には古いピアノがあって、王妃様になにか弾いて欲しいと彼らはお願いしているらしい。

西洋文化の伝来が遅かったこの国では、ピアノを弾ける者は希有《けう》で、音楽好きな国民はピアノ演奏をとても聴きたがっていると。

これまで、歴代のマハール王国の正妃はすべて教養のある者ばかりで、彼らにとっては悪気のない正直な要求なのだろう。

「いや、芳那は……」

それを受け、隣で聞いていた王子が急いで断ろうとするのを制し、芳那は日本語で伝える。

「ピアノは母がとても好きで、子供の頃から習ってた。だから少しは弾けるよ。流行のジャズなんかは弾けないけれども古典的なものなら大丈夫だから」

そんな断りを残して立ちあがった芳那は、ステージまで歩いていってピアノの蓋を開く。少し鍵盤《けんばん》を弾いてみたが、調律はきちんとされているようで一安心した。

椅子の高さを調節して腰かけると、そっと鍵盤の上に手を下ろして顔をあげる。

レストランにいる労働者たちの誰もが期待に満ちたまなざしを向けてくれていた。

その視線の中には負の感情は微塵もなくて、シャリフ王子の后妃だというだけで彼らが信頼を寄せてくれるのがわかって素直に感動を覚えてしまう。

その期待に応《こた》えようと芳那ははにかんだ笑みを見せたが、演奏する曲をまだ決めていない。

「どうしよう……かな」

ふとあたりを見ると、白い壁を四角く切り抜いた窓から、濃紺の夜空に青白く輝く三日月がくっきりと浮かんでいて、とても幻想に満ちていて優美だった。

芳那はわずかにうなずくと、静かに鍵盤に指をすべらせてから穏やかに音を紡ぎ始める。

それはドビュッシーの「月の光」という楽曲だった。

とても幻想的で神秘的な静かな調べから演奏が始まる。

芳那の奏でるやわらかな響きは安らぎと幸福を与えるように、聴衆の顔を少しずつ凪《な》いだ色に変えていく。

細い指が奏でる音が綺麗な光の結晶になって、それがやがて弾けるように連打される頃には芳那も気持ちを徐々に高めながら力強く弾き、その高揚は労働者たちにも充分伝わった。

そして最後は余韻のある静かなたたずまいを見せながら、調べは静かにやんだ。

心を浄化する作用があると称される「月の光」の演奏が終わると、次に芳那が選んだのは、ショパンのポロネーズ「英雄」。

この選曲は、知り合ってまだ日の浅いシャリフに対し、芳那が抱いている漠としたイメージを具現化したかったからだ。

弾き始めてふと視線を感じて目をやると、シャリフと目が合ってしまう。

彼はまるで知らない者でも見るようなまなざしで芳那をとらえていて少し驚いたが、そこに不快な色は見あたらず、演奏を続けながら小首を傾げて微笑んでみせた。

「英雄」は比較的明るい曲調で、弾むように響く調べがとても耳に心地よく、そして繰り返される第一主題の感動的な曲調が全体を支配している。

弾いている芳那の指は鍵盤の上を弾んで動いて音を形にする。

煌びやかな音の洪水のような連打で音符が面白いほど転がりながら最終章に向かっていくと、そこでまた何度も繰り返される心地いい第一主題。

そして演奏は、高まっていく感動的な響きのままに終わった。

芳那は技巧的なこの難曲を見事に弾きこなしたあと、ゆったりと手を膝に置いた。

美しい音色の余韻を、誰もが感じていた。

そのせいか、しばらくはここが大衆の集まるレストランかと思うほど店の中は静まり返っていたが、芳那が困ったように少しだけはにかんで一つの言葉を発する。

『ありがとう』

覚えたての短いアラビア語で聴いてくれた労働者たちに感謝を告げると、そのとたん、割れんばかりの拍手と喝采が店全体を包み込んだ。

芳那が演奏したのは古典的なクラシックで、少しは弾けると言ったそのレベルは実際は相当なもので、国民はその高尚で優美な音色に完全に聴き惚れていた。

芳那は彼らが喜んでくれたのを見てとにかくホッと胸を撫で下ろす。

――よかった。

こんな堅苦しいクラシックでも、なんとか及第点をつけてもらえたらしい。

立ちあがって会釈をした芳那に対する喝采が続く中、静かに王子の隣に戻った。

芳那の演奏は上質で技巧的だったが、不思議と押しつけがましい高慢さなど微塵もない、謙虚さと気品だけがあふれるようなピュアなピアノ演奏だった。

二曲で十数分ほどの演奏だったが、それでもここに集まった労働者の労をねぎらうには充分だったようだ。

演奏中、シャリフも労働者と同じように芳那の綺麗な指が鍵盤を弾くのを熱心に見つめ、その指先が奏でる調べに耳を傾けていた。

「芳那、いい演奏だった」

短い賛辞だったが、シャリフらしくて芳那にもちゃんと伝わった。

「ありがとう。少しはここのみんなにも楽しんでもらえたみたいでよかった」

謙虚な思いを伝えると、シャリフはなぜか困ったように声を絞る。

「…………芳那。お前は、いろんな顔を持っていて…いつも驚かされる。だからわたしは……お前に惹かれずにはいられないんだろうか」

その問いに芳那が息を飲んだ。

強引に腕をつかんで引き寄せられ、耳朶に唇が触れた瞬間、心臓が跳ねる。

「芳那……今夜、翡翠の館にわたしを招いてくれないか？」

吐息で乞《こ》う甘い声はかすれていて、意味深な色を存分に帯びていた。

「………っ！」

――シャリフを翡翠の館……后妃の邸宅である離宮に招く。

それは、暗に夜の行為を自分が承諾することとわかっている。

ただ、部屋で一緒にワインを空けて話をして……そんな和やかな時間がすごせるのなら拒む必要などない。

でも、芳那はシャリフの瞳の中に隠しようもない濃い欲が存在することを見抜いてしまう。

一度テリトリーに入ってこられたら、もう境界線などなくなってしまう気がした。

でも、考えてみればこんなふうに訊かれることの方がおかしいのかもしれない。

初夜のとき、求められれば芳那には差しだす以外の選択肢はないと……拒む権利はないと命じられたからだ。

「シャリフ、ごめん……今夜は、少し疲れているから」

だから、確かめたかったのかもしれない。

王子が自分の気持ちを本当に尊重して、優先してくれるのかを。

「……わかった。でも」

――わたしの我慢がいつまで続くかはわからないぞ。

耳元に寄せた唇を耳たぶに触れさせながら、彼は息だけで危うく囁く。

自分は好きなときに后妃を抱けるのだと権利を主張していたシャリフだったが、彼は元来、誠実で優しい性格をしているのだろう。

その証拠に、これまでもシャリフが離宮に行っていいかと誘いをかけて欲望を仄《ほの》めかしても、芳那が拒否すると王子はそれを無理強いすることはなかった。

だから芳那が強引に身体を奪われるようなことは、今のところはない。

だが、本当にガタイのいいシャリフのたがが外れてしまえば、きっと芳那の抵抗など取るに足りない無駄な足掻《あが》きでしかないのだろう。

初夜の晩の、獣のごとく変貌した男を知っているから、どうしても恐怖がぬぐえなかった。

不本意なまでにこの国と王子にとらわれているのは耐えがたいが、偽りとはいえ、少しは自分を伴侶と認識して気遣ってくれるシャリフの態度や気持ちまで作りものとは思えなくて、芳那はただ嬉しかった。


酒に少し酔ってしまった芳那は車ではなく、月の美しい砂漠を、風を浴びながら歩いて帰りたいと王子に伝えた。

するとレストランの店主が、ラクダを貸してくれた。

「芳那、これに乗るのは初めてか？」

問われてうなずくと、一人では危険だと判断したシャリフと一緒に乗ることになった。

気楽に歩いて帰りたいと望んだはずが、ラクダの背で密着して月夜の砂漠を家路につくことになってしまい、これではよけいに気が休まらないと芳那は内心で嘆いたが遅かった。

初めて乗ったラクダは、のったりという擬態語がそのままあてはまるような歩き方で、それでも初体験の芳那には思いの外新鮮だった。

ただ、背中から王子にすっぽり包み込むように抱かれている体勢がとにかく恥ずかしい。

でも砂漠を渡ってくる夜の風は本当に心地よくて、芳那はシャリフの優しい腕の中で何度か深い呼吸をした。

密着した王子の匂いになぜか安堵しながら上を見ると、コバルトの天空には下弦の月が青白く浮かび、ミルキーウェイが目視できるほどの星がきらきらと瞬いている。

「芳那……どうかしたのか？」

「ぁ……うん。星って、実際はこんなにたくさんあるんだって思って。日本じゃこの半分も見られないから、この国がうらやましいよ」

「だったら、いつまでもマハールにいればいい。わたしのそばに」

なんでもないことのようにさらりと告げられて、思わずうんと軽く返事をしそうになってよく考えてみる。

「え？」

丸く口を開けた幼い顔で背後の彼を振り仰ぐが、涼しい顔をした王子から返事はなかった。

やわらかい月光が砂漠の砂に陰影を落としている様は、夕刻の傾いた太陽が織りなすそれとまた違った趣を放っている。

幻想的な光景のもと、月の砂漠をはるばるとラクダの背に揺られながら芳那は思いを馳《は》せた。

ここは、シンドバッドの住む御伽の世界。千夜一夜のアラビアの王国。

背中から自分を甘やかに抱いてラクダを操るのは、本物の美貌のアラブの王子様で……。

まるで夢物語みたいだ。

まだ、もう少しこの夢にひたっていたいと望んでいる自分の真意を知るのが今は怖かった。

それから三日後、シャリフは商談で米国に飛んだ。

普段の彼はとにかく多忙で、平気で一ヶ月ほど商談で海外に滞在することが多く、その間、芳那は寂しく離宮に取り残されて毎日をすごしていた。

変化のない日々、一人で待たされる長い一日。

それは芳那にとって、本当に虚しく苦痛な時間だった。

【4】

芳那がマハールに連れてこられて三ヶ月、なにもしない毎日に耐えきれなくなった芳那が海外出張から帰国したシャリフを捕まえ、頼みがあると懇願した。

「頼み？　あぁ、言ってみろ」

「シャリフがいない間、俺は慣れないこの国でただラーミゥの体調管理だけをして他にすることもない。周りからは王子の伴侶だと腫れ物に触るように扱われ……そんなふうにすごすこれから先の数ヶ月なんて俺には耐えられない」

熱心に詰め寄る芳那のために、シャリフは診療所を正式に開業させることを決めてくれた。

そこでラーミゥだけでなく病気のペットを診たり、家畜の診察などを行う準備を進めることの手助けもしてくれた。

最も重要なのは診察や治療をサポートしてくれる病院スタッフで、人材の情報を提供し、その後は募集から採用までのすべてを芳那に任せてくれた。

スタッフの教育や薬品をそろえたりすることに半月ほどかかったが、無事に診療所は開院にこぎ着けることができた。

それから一週間、再び海外に商談に出ていたシャリフは帰国したその足で診療所の様子を見に訪れた。

だがその日、診療所は大勢のペットを連れた国民が、待合室にあふれていた。

「ごめん。シャリフ、ちょっとお願いがあるんだ」

まさに猫の手も借りたい心境の芳那は、視察に来た王子になんと処置の手伝いを願いでる。

驚きながらも受諾したシャリフが処置室に入ると、すでに芳那のボディーガードであるナディールまでもがケガをした成犬の足に包帯を巻いていた。

あの堅物軍人のナディールが神妙に手当てを手伝っている姿に、思わず笑ってしまう。

「シャリフ、今から高齢出産のシェパードの出産補助をして欲しいんだ。急いで！」

「は？　………出産、補助？」

かけられた言葉の意味を理解するのに、シャリフは優に三十秒はかかった。

こんな間の抜けたマハール王国の王子の姿を誰が想像できるだろうと、芳那は心中でひっそりと苦笑する。

「ほら早く、急いでこれを着て」

芳那に手を引かれて強引に手術室に連れていかれて……まさに初めての経験だった。

そこから先は、本当に次々と訪れる動物の治療に忙殺されていた。

最後の動物を診察したあと、ようやくシャリフは我に返ったように椅子に腰を下ろす。

結局、王子もナディールと同じように、あらゆる治療を手伝わされてしまった。

「次期国王をこき使う奴なんて……芳那、お前くらいのものだな」

そんなふうに多少の文句を漏らしながらも、生き生きしている芳那を見てシャリフは密《ひそ》かに安堵する。

「この診療所を開業させて、本当によかったみたいだな」

「うん、毎日忙しいけれど充実してる。特に今日は本当に大変だったから、手伝ってくれて助かった。ありがとう」

「どういたしまして。まぁ、芳那のこんな覇気のある顔を見られるのも悪くない」

「ふふ、だったら毎日手伝いに来て」

軽口を交わし合うのが、なんだか心地よかった。

そんなこともあってか、芳那のシャリフに対する評価に最近、少しずつ変化が見られる。

シャリフは頭もよくて常識もあり、相手の心を汲《く》める優しさや寛容さも持っている。

芳那は彼に対し、尊敬の気持ちが募っていくのを感じていた。

その後もシャリフはまた一ヶ月ほどの長期出張に出かけてしまって芳那はマハールに残さ

れたが、診療所での仕事があまりに多忙で、寂しさも忘れるほどだった。

本来の獣医師という姿に戻った彼は、今ととても生き生きと仕事をしている。

そしてボディーガードのナディールは芳那の傍らで護衛をしてくれるだけでなく、診療所の手伝いまでしてくれて、芳那はとても感謝していた。

銃の扱いや武術などに長《た》けたナディールに、包帯の巻き方や消毒の仕方を教えたのは芳那だったが、彼は何事も飲み込みが早く器用にサポートをしてくれている。

診療所が開業した当初は、国内から連れてこられた傷ついた野良犬や野良猫の治療を主としていたが、やがて日本から王家に嫁いだ后妃は立派な獣医であることを聞きつけた国民たちが、病気になったペットや家畜などを連れて診療所を訪れるようになった。

驚いたことに、集まってきたのは大人ばかりではなくて……。

親を先の内部紛争で亡くして施設で暮らしている子供たちが、ケガで連れてこられた野良犬たちが診療所の二階で飼われていることを知って、遊びに来るようになった。

中には、傷ついた動物を連れてくる子供もいた。

もともと動物と同じくらい子供が好きな芳那は、自分と同じように動物が大好きな子供たちと少しずつ仲良くなっていった。

治療に興味を示す年齢の高い子供には、時々は簡単な治療を手伝わせたりもしている。

傷ついた動物と触れ合うことで、他人に優しくする気持ちを育てて欲しいと考えたからだ。

また、いつも木訥《ぼくとつ》として厳格そうなナディールは意外にも子供にはめっぽう甘く、診療所に遊びに来る子供たちが自然と彼になつくのを見て、優しい人柄なのだと改めて知った。

診察が少ない時や午前診療が終わったあとなど、芳那は診療所の二階で子供たちに折り紙を教えたが、彼らはとても興味を示してくれて、気をよくした芳那が他にもあやとりや剣玉などを取り寄せて彼らと遊んであげることもあった。

そんな小さな輪の中で、自然と年上の子供がもっと小さい子の面倒を見ている様子を目にして、芳那は自分自身も優しい気持ちになる。

日本にいるときには感じなかった充実感と使命感が、胸に満ちるのを感じていた。

この国で動物の治療を行うことは天命だったのかもしれないと、そんな大それたことを思う自分をひっそりと笑って、でもやはりまんざらでもない自分に満足していた。

遊びを通して日本の文化にとても興味を持つ子供たちが可愛くて、芳那は日本式の祭りを計画して喜ばせてやろうと、密かに計画を練り始めていた。

芳那がマハール王国を訪れてから約五ヶ月。

今回の欧州への出張は長かったが、ようやくシャリフが帰国した。

彼は前回と同じように空港に着いてすぐに診療所を訪問する。

ちょうど午後の時間で診察外だったため、芳那は二階にあるホールにいた。

もともとは、いくつかの会議室だった部屋の壁を取り払って広いホール形式にし、芳那はそこに椅子と机、ピアノや遊具なども運ばせ、就学前や学校に行けない子供たちが学んだり遊んだりできるようにした。

ときには英語を教えることもあり、教師を招いて算数などの授業を行うこともあった。

診療所を訪れたシャリフが看護師に教えられて二階のホールをのぞくと、子供たちにピアノを弾いている芳那の姿がある。

久しぶりに見る妻の姿に、自然とシャリフの目が優しい弧を描いた。

楽しそうに演奏する后妃の傍らには、もちろんボディーガードのナディールがいて……。

それを目にして、シャリフはちくりとした痛みを感じる。

ナディールは宮殿の外では片時も后妃から離れずに警護をまっとうしていたが、シャリフは最近、二人のそんな関係に妙ないらだちを感じることがあった。

「それにしても……ここはあの会議室だった場所か？」

室内にはいつの間に集めたのか、大型の積み木や室内用の遊具、それから木のおもちゃなどがそろっていた。

見違えるように変わったホールには、童謡を歌う元気な声があふれていて、仕事で身体は疲れているが、そんな子供たちの姿を見るとシャリフの心は和む。

そして室内には犬や猫の姿もあって、子供たちに寄り添っているのが印象的だった。

ようやく夫の存在に気づいた芳那は、演奏が終わると嬉しそうに駆け寄ってくる。

それがとても自然で、シャリフはなぜかそんな妻の親しみ深い様子が嬉しくてたまらないと感じていた。

「お帰りシャリフ！　いつフランスから帰ってきたんだ？」

「ただいま。空港には少し前に着いたんだ。芳那はとても元気そうだな」

「うん、毎日忙しいけれど充実してるんだ。シャリフはどう？　長旅で疲れていない？」

そんなふうに芳那が自分のことを心配してくれるだけで、不思議と癒されてしまう。

「ありがとう。わたしは大丈夫だ」

二人はホールの窓際にある椅子に座って、離れていた間のことを互いに話して聞かせた。

しばらくすると、子供たちが二人のところに来て、剣玉で遊んで欲しいと訴える。

芳那が差しだされた剣玉を受け取ろうとすると、シャリフが先に手にして剣玉を始めた。

「え？　シャリフ……？　嘘っ！」

意外なことに、シャリフは剣玉がとても上手だった。

いろんな技を繰りだしていると、楽しいことには人一倍どん欲で敏感な子供たちがすぐに集まってきて熱心に見ている。

「わたしの父が、親日家だったと言ったのを覚えているか？」

「うん。覚えているよ」

「その影響で、わたしは日本の伝統文化に幼い頃から触れてきた。剣玉は父も上手でよく遊んでもらった」

剣玉とシャリフという組み合わせは意外だったが、悪くない。

それから子供たちに何度も剣玉の技をねだられて、いやな顔一つせずに応えている次期国王を見ていると、芳那は胸の芯《しん》が温かい気持ちであふれるのを意識した。

その後、学習の時間になると、シャリフは自ら教壇に立って英語を教えてくれた。


夕刻になって子供たちが施設や自宅に帰ったあと、芳那はまずシャリフに謝罪をした。

勝手に会議室をホールに改装して、子供用の机や椅子、遊具やおもちゃを入れたこと。

中古のピアノを買ったこと。

それから、最後に頼み事を一つ。

「シャリフ……実は、子供たちを喜ばせるために、あることを計画しているんだ。聞いてくれる？」

「計画？　言ってみろ」

それはマハールの子供たちのために日本の祭りである「縁日」を再現して、皆に心が躍るような楽しい時間をすごさせてあげたいというものだった。

当然、それには多方面に渡って相当な費用が発生するだろう。

そこで芳那は、これまで購入したピアノや遊具、そして縁日にかかる費用のすべてを、自分が得るであろう偽装結婚の代償である二千万円の中から出して欲しいと伝えた。

シャリフには、「縁日」の計画を実現するための許可だけが欲しいのだと願いでる。

だがそれを聞いたシャリフは驚いたことに、すぐ「縁日」の計画に賛同し、費用面でも全面協力してくれると言う。

戸惑いはあったが、子供たちのためならなにも惜しまないという彼の信念に心が動いた。

度量の広い次期国王の心意気を受けて、芳那は本当に心から感謝をしたいと思う。

これで辛い思い出にさいなまれている子供たちにも、楽しく笑顔になれる新しい思い出を増やしてあげることができる。

いくら笑っていても、紛争で心に傷を負った子供たちの痛みが深刻であることは、同じ時間をすごすことで芳那も肌で感じるようになった。

動物のケガや病気を治すだけでなく、傷ついた子供たちの心を癒すことに、芳那は使命感のようなものを覚えていた。

そしてそれは、内部紛争において子供たちの親の命を守れなかったことへの償いであるとシャリフも考えている。

紛争の責任は国家の最高権力者であった父と、その息子である自分にあって、子供たちに笑顔を取り戻させることは己の責務だとシャリフは認識していた。

子供は国の至宝で財産だというシャリフの言葉に、芳那は大いに共感を覚えた。

他にも子供たちを癒したものがある。

それは、ケガをしたり飼い主がいなくなってこの診療所に引き取られてきた動物たちだった。

心の深くに辛い過去を抱えて笑えなくなった子供も、診療所でゆったりとすごしている犬や猫などに触れることで自然と笑顔になれる。

「今はこのホールで子供と動物たちを一緒にすごさせているけれど、できればもっと大きなちゃんとした施設が必要かもしれない」

芳那はそうシャリフに提案する。

「日本には、学校が終わったあとで公民館のような遊べる場所がある。そこではちゃんと専門のスタッフがいて、子供たちの宿題を見たり遊んだりしてあげるんだ」

その案を聞いて、シャリフもうなずいた。

「日本のそういう面は大いに学ぶべきだと思っている。芳那、もっと教えてくれ。この国の子供たちには充分な教育を受けさせてやりたい。それがわたしの責務だから」

子供たちの教育には投資も惜しまないという姿勢を見せるシャリフからは、強い使命感が見て取れ、芳那はなにか熱い思いが込みあげるのを感じる。

勝手に診療所を改装したことを叱責されると覚悟していた芳那だったが、子供たちを思う優しさに賛同したシャリフは、立派な施設を建てることを約束してくれた。

さらに、建物が完成するまでは診療所の二階は動物と遊べるスペースをこのまま確保して、教育スタッフも配置することまで約束してくれる。

「前にも話したけれど、俺はドッグセラピーの資格を持っている。必要なときは子供たちにセラピーを受けさせるつもりでいるよ」

「それはいい。だが診療所も大変そうだから、あまり無理をするなよ」

「うん。ありがとう、シャリフ」

芳那が心からの感謝を短い言葉に込めた。

「わたしの方こそ礼を言いたい。マハールの子供たちのことを、わたし以上に大事に思ってくれてありがとう。本当に嬉しく思っている」

「うん……」

未来を担う子供たちへなにができるのか、考えが合致するシャリフに対し、芳那はどこか通じ合う親近感のような気持ちが芽生え始めていた。

一方シャリフの方も、芳那の仕事ぶりや子供たち、動物に対する真摯で懸命な態度と、博愛精神に満ちた生き方に深く感銘を受けていた。

互いのことを、もっと知りたい。

そして……もっと相手に自分のことを知って欲しいと、そう心から思った。

「芳那、今夜は、わたしと夕食を一緒にとってくれるか？」

シャリフが会話の流れのまま自然に誘ってくれるから、芳那は短く承諾の返事をする。

「もちろん」

断る理由なんかない。

「できればそのあと……翡翠の館にわたしを招いてくれないか？」

「うん、いいよ」

先ほどの話の流れで反射的にいいよと答えてしまってから、芳那ははっと息を飲む。

目の前でシャリフが悪戯っぽく口角を片方だけあげて笑うのが見えた。

確信犯だ。間違いなく。

まるで誘導尋問に引っかかった気分だったが、今はその誘いを拒む方が不自然に思える。

だから今夜は、もっとシャリフを知りたいと感じる心に素直に従おうと考えた。


宮殿にある王子の居室のテラスで夕食をとったあと、シャリフは当然の権利だと言わんばかりに芳那を連れて后妃の住む離宮、翡翠の館に向かった。

二階にある広い部屋のソファーに、少し酔いのまわった二人が並んで腰かけている。

以前はシャリフの隣にいることが、まるでアウェイのように感じられていたが、今はそうでなくなっていることに気づいて不思議だった。

彼のそばでこんな安らいだ気持ちになれるのは、心の距離が縮まったからだろうか？

「シャリフ……今日はありがとう」

それでもあまり静かだと気後れしてしまいそうで、芳那は会話の糸口を探る。

「ん？　なにがだ？」

問いかける声が優しくて、そんな些細なことに心がやわらかくなって胸をつかまれる。

これではまるで………そう。恋みたいじゃないか？

そんな仮定が脳裏に浮かんだ瞬間、散らかっていた物が綺麗に箱に収まった気がした。

「なにって……子供たちに剣玉を教えてくれて。あと、英語も」

「あぁ、でもそれは芳那が礼を言うことじゃないだろう。わたしの国の子供たちだ」

「あ、気を悪くしたらごめん。うん……出しゃばってるよな。でも、ありがとう」

「いや。わたしの方こそ………今のはそういう意味じゃないんだ。芳那がマハールの子供たちのことを親身に考えてくれていて本当に嬉しいし感謝している」

こんなふうにどこか甘やかな雰囲気になったことがなくて、なんだか気恥ずかしい二人は、困ったように視線を交わしてからふっと破顔した。

肩の力が抜けて、凪いだ穏やかな雰囲気に包まれる。

だから芳那は、思っていることをきちんと言葉にしたくて続けた。

「あのな、今日のこと。英語でも剣玉でも、次期国王になるシャリフが教えることに意味があると思うんだ。その行為が子供たちの心にきっと温かいものを残す。それが積み重なれば相互間に信頼が生まれるだろう？　下町のレストランでの労働者たちとの関係みたいに。なぁ、シャリフはきっといい王様になれるよ」

わざと軽い口調にしたのは、真面目にそんなことを未来の国王に発言するなど、大それたことだと理解しているからだ。

「ありがとう。だが……わたしは芳那こそ、いい王妃になれると思うぞ」

あぁ、まずいな。

芳那の脳裏に危険信号が点滅し始めた。

だって、これは偽装結婚なんだ。そんなこと百も承知している。

「なに馬鹿なこと言ってるんだよ」

笑い飛ばそうとして失敗した。情けない。

偽装花嫁として夫婦を続ける期限は一年。

それが終われば、もう会うこともなくなる二人の関係だった。でも……。

今、シャリフの想いが澄んだ清流のように、真っすぐに流れ込んでくる。

芳那は少し怖くなって、長いまつげを伏せた。

思えばきっと、最初からシャリフに惹かれていた部分があった。

どうにかして気持ちが傾かないよう苦心しても、人の心は手足のように簡単には操れない。

あきらめに似た気持ちで、胸にたまった想いを逃すように息を吐いても効果はない。

でも……もしも自分たちがこんな特異な出会いをしていなかったなら、また違う形の繋がりを形成できただろう。

もっと簡単な言葉に変換するなら、互いに好意を寄せて恋をしていたかもしれない。

それほど、シャリフのすべてに共感できるし惹かれている。

「芳那」

不自然に顔を伏せてため息をついた細い顎に指をかけ、シャリフがもう一度上を向かせた。

「……な、に？」

まぶたがあがって、再び艶めいた飴茶の瞳が現れる。

「お前の目は綺麗だな。お前は……誰よりも美しい」

もう、惹かれる気持ちは隠せなかった。

ゆっくりとシャリフの顔が下りてきて、芳那は震えた。

一瞬の逡巡のあとにまぶたを閉じたが、それがまるで許可のように見えたのか、優しい温度で唇がふさがれてしまう。

その甘やかな感触に打たれ、芳那は目が覚めたように瞳を見開く。

婚姻大典のときに交わした誓いのキスを除けば、これが私的にシャリフと交わす初めてのキスだと気づいたからだ。

「どう……して？」

絶対に訊いてはいけない。それは暗黙のルール。

未来なんてない二人の関係なのに、自分にそれを知る権利なんかない。全部わかってる。

「なにが、だ？」

でも、知りたい！　どうしても……。

「シャリフは……なぜ、俺に……キスをする？」

――これは、偽装結婚なんだろう？

その問いかけは自分へと。

――俺は、偽装花嫁なんだ。

答えるのも芳那自身。

「だったら逆に……芳那は、どうしてわたしのキスを受け入れるんだ？」

だから、ほんの少しの偽りを唇にのせて答える。

感情的なものでなく、肉体的な色に変えて。

「それは……キスが、気持ちいいからだよ……シャリフは？」

キスが特別な意味を持っていることを二人は知っている。

一晩だけの相手や遊びの関係では、絶対にしないから。

「あぁ、そうだな。わたしも同じだ。お前の唇は気持ちがいいからもっと触れていたい」

この感情に意味を持たせてしまうことは罪だ。

いずれ失う温《ぬく》もりとわかっているから、最初から意味など持たせてはいけない。

でも、どうしても彼に惹かれてしまう。

「芳那……もっとだ。もっと、わたしにキスをしてくれ」

「シャリフ、だめ、だよ……だ……め……っ…ぁん」

強く押しつけられた唇から伸びた舌が、芳那の閉じ合わせた唇の隙間《すきま》を何度もなぞる。

中に入らせてくれと催促しているかのように……でも、妻の唇は容易にはほどけない。

「なぜ？　どうして……だめなんだ？」

そんな態度に焦《じ》れたのか、下唇のすぐ下に親指がかかって顎を引き下ろされる。

頑《かたく》なに閉じていた唇が強引に割られて、びくっと身体が震えるより先に温度の高い舌が遠慮なく境界を越えて差し込まれてくる。

「んっ……！」

衝撃と甘さに涙が滲んでしまいそうだった。

もっと深い場所で繋がった相手に、こんなキス一つで息が詰まるほど胸が高鳴ってしまう。

尖った舌先はしゃべるより饒舌《じょうぜつ》に口内を甘く舐めつくし、芳那の感じる場所をあっとい

う間に探りあてる。

舌の裏側の奥深くをぞろっとなぞられると、うなじのあたりがぞわっと震えて、思わず両手で逞しい背中にすがりついた。

指先が快感に震えているのを知られてしまう。

「ぅぁ……ぁん」

蕩けるような蜜音が喉笛を震わせ、そのまま声が鼻腔を抜けるとき、信じがたいほど媚びた喘ぎが濡れ落ちた。

「ぁ…ん」

それに、感電したように硬直して動きを止めたのはシャリフだった。

シャリフが静かに絡めていた舌を引いてしまうと、逞しい肩にすがりついていた細い指に力が入って、今度は芳那の方から追うように舌に絡みついてくる。

「ぁ……ふ……ぅん」

シャリフはもう一度、望みを叶えてやるように深く差し込み、上顎の裏や頬の内側の肉をさんざんに舐めまわしてからようやく唇をほどいた。

そして困ったように芳那を見おろす。

今、王子の双眸は雄の情欲にまみれていて、彼はそれを隠そうともせず、むしろ己の我慢の限界をつれない妻に見せつけるように雄弁にまばたいた。

「シャリフ……」

発情している。確実に。

欲情なんて生ぬるいものじゃなく、まるで獣じみているが間違いなく発情していた。

腰が甘く痺《しび》れて、熱を孕んで重く潤む。

自分の雄の先端が濡れている感触がリアルに気持ち悪くて、卑わいな自身に嫌気がしてめまいがする。

「芳那、そんな甘えた声でわたしを呼ぶんじゃない。さもないと、お前がいやがっても、わたしは自分を抑制できなくなって襲ってしまう。強姦《ごうかん》されるのが好みなら別だが」

シャリフが言葉尻に冗談を交えたのは、己の吐露した要求の信憑性が高いことをごまかすためだった。

再び唇が重なる。

身体を繋ぐ行為と違って、キスは感情に直結しているようだと芳那は感じた。

本当に愛しいと思っている相手でなければ、できない行為。

そんな事実を、シャリフも感じているのだろうか。

「芳那……」

もうどれくらい唇を求め合っているのか、強く吸われる舌が痺れて腫れぼったい感触。

唾液を混ぜるように貪《むさぼ》り合っても、まるで飽くことがない。

ここまでくれば、互いにもう、欲望に逆らうことはできなくなる。

「わたしのキスは……気持ちいいか？」

二人して、倒錯めいた罠《わな》に堕ちていくようだった。

「う……ん。気持ち……ぃ」

細い声が返事を紡いだとたん、口の中にあふれ返っていたのだろう唾液が口角の端から垂れて顎を伝い落ちる。

ねっとりと粘度の高いそれは、ことさらゆっくりと伝っていって、あまりの卑わいさに自分では見られなくても恥ずかしくなった。

「ぁ……」

そんな状況に驚いて、あわてて顎に触れた指先が濡れているのを目視したとたん、羞恥で目尻がぱっと朱を刷いた。

「可愛いな。芳那は」

甘いまなざしで見おろされ、温度と粘度の高い吐息をこぼしながら首を横に振る。

「やっ……ぃやぁ」

「なにがいや？」

よだれの筋ができた顎を、王子が舌を伸ばしてゆっくり、そしてねっとり舐めあげた。

背中からうなじまで、背骨の一本一本が認識できるほどぞくぞくする。

「ぁ……や、ぁ」

「だから、なにがいやなんだ？」

「……キス……が」

「どうして？」

「シャリフは、いやらしい……顔、して……俺を見てる」

開き直っているのか芳那の興奮を察しているのか、男は攻めの姿勢を崩さない。

「ふふ……実際、芳那にいやらしいことをしたいんだから仕方がないだろう？」

それを耳にして、ふと疑問が湧く。

もしかして、初夜からこれまで、ずっと我慢していてくれたのだろうか？

「なぜ……今まで、しなかったんだ？」

「わからないのか？　わたしは、お前のいやがることはしたくない」

何度かこの翡翠の館を訪れたいと求められたが、芳那はこれまで一度も応じなかった。

それでも無理を強いられることはなかったが。

「だってシャリフは……初めて、その……した……朝に、俺のことを……好きなときに抱くって言った」

「そうだったな。ならば、わたしがどれほど忍耐強いかわかっただろう？」

「うん。シャリフは、我慢……してくれてた？」

「あぁ」

「俺が……欲しかった？」

「……あぁ。欲しかった」

心臓のあたりで、血が騒いでいる。

「だったら……強引にでも、抱いてしまってよかったのに」

するりと口をついて出た言葉に自分でも驚く。これは本心なのかどうか、わからないが。

「芳那がわたしを紳士的だと勘違いしているから、無理強いなどできなかった」

「どうして？」

「簡単なことだ。どこの国に、愛しい妻に嫌われたい旦那《だんな》がいる？」

シャリフは芳那の不安定な心情に配慮して、ずっと待っていてくれたのだろうか？

嫌われたくないから、己の劣情を押し殺してでも、今まで一度も手を出さなかったと？

芳那はわからなくなる。この男は傲慢なのか真摯なのか。賢者なのか愚者なのか。

でも、きっとこの数ヶ月間、自分の居場所と使命を見いだすまでに身体を奪われていたなら、自分はシャリフとこんなふうに穏やかに向き合えていなかっただろう。

彼を許して理解して、そして……こんなふうに惹かれる日が来るなんて思わなかった。

まさかこれも、全部が彼の計算なんだろうか？

「芳那、なにを考えている？　今はわたしのこと以外、考えることは許さない……」

再び唇が重なり、顔をかたむけられて忍び込んだ舌が、まだ怯《ひる》む舌に絡みついて吸いあげる。

ぐっと強く顔を押しつけられると、唇が限界まで開いて交わりが深くなった。奥まで差し込まれた舌が上顎の奥まで届いて、互いの唾液を混ぜるように舐めまわす。

「ぁ、ふ……シャリフ……シャリ…フ」

ため息とも喘ぎとも取れる、その中間のような切ない声を漏らすと、シャリフは腫れぼったくなってしまった芳那の下唇をちゅっと音をたてて吸ってからようやく唇を離した。

「ん？　どうした芳那……もしかして……したく、なったか？」

冗談めかして問われるが、それが彼の本音だともう見抜いている。

今、自分を抱いているのは、千夜一夜の御伽の国の、麗しい孤高の王子。

「…………うん」

消え入りそうな声だった。

まさか肯定が返ってくるとは予想しなかったシャリフは、不意をつかれて目を見張る。

「芳那……欲しいのか？　わたしが……欲しい？」

ひどく驚いているシャリフを、芳那は不謹慎にも可愛いと思ってしまった。

「………ぅん」

「だめだ。ちゃんと言ってみろ」

「……シャリフが……欲しいよ」

「わたしの、なにが欲しい？」

深追いされると、とたんに芳那がヘソを曲げて唇を突きだす。

「……お前嫌い！　意地悪だ」

くつくつと笑う悪い輩《やから》は、幸せを身体の中に留《とど》めておけないらしく、その表情にあふれさせることをはばからない。

そんな様子を、芳那は不思議そうに、恥ずかしそうに見つめていた。

自分も同じだったから。

優しくて、少し甘酸っぱい感情で全身が満たされていく。

シャリフは芳那の頰を両方の手で挟んで、愛おしそうに親指の腹でまぶたの下、ふっくらとした涙袋を撫でた。

「芳那……お前は、可愛い」

今回の欧州への出張は、二人が夫婦になってから一番長かった。

離れている期間が長くなって、シャリフは今までの人生で初めて、会えない誰かのことをひどく恋しいと思った。

遠く距離を隔てた場所にいる夜が、とても寂しかった。

らしくもなく相手に電話を入れ、診療所の方は上手くいっているかとか、愛犬ラーミゥのことを引き合いに出しては声を聞いた。

我ながら子供じみていると思ったが、本当に会いたくて会いたくて、寂しかった。

電話をかけるたびに芳那は今は忙しいと少し文句を言ったが、それでもちゃんと時間を作ってシャリフの話を聞いてくれる。

余裕のある応対を見せる大人な妻に、やっぱり年上なんだなと納得もした。

そのせいか、芳那には遠慮もなく甘えられる気がして、いつも電話は長くなった。

話が続くと、つい仕事の愚痴を口にしてしまって結局あとで後悔したが、芳那はそれさえもただ聞いてくれた。

穏やかな声に癒されている自分が新鮮で、弱い部分を補ってもらえるような妻との関係が、これほど心地いいとは思わなくて……。

愛おしいという感情をシャリフは初めて知った。


互いにキスに夢中になるうちに、芳那はいつの間にか大きなソファーに組み敷かれていた。

初めてのキスは、胸の奥に閉じ込めていた感情に新しい息吹を吹き込んだ気がする。

耳元で囁いたり髪に触れたり、そんな些細《ささい》な行為までもが、今までと違う甘さを伴っていることに芳那は気づく。

相手を慈しむ気持ちが生まれただけで、こんなにも触れ合う温度が変わることに驚いた。

触れられている箇所が、じんわりとやわらかな熱をともすような感覚。

そうしているうちに、ゆるい部屋着の襟元から、シャリフの火照った指が忍んでくる。

「ぁ……」

胸元を乱されて開かれ、さらされた小さな突起を長い指が引っかけると短い吐息が漏れた。

「感じるのか？　ここが……」

指先に触れる凝《しこ》りの、こりこりとした感触を味わうように、押しつぶしては転がされる。

「や……だめ」

「こんなに可愛い色になってきたのに？」

「ん……やだ……そんなこと、言うな……っぁ」

シャリフの指が肌をすべっていくと、触れられるすべての箇所が熱を帯びて全身が火照ってしまい、芳那は怖くなった。

自分の身体が変えられてしまうような、怖いのにどこか甘さを孕んだ不可解な錯覚。

二人はまるで憑《つ》かれたように、何度も角度を変えて深いキスを交わす。

差し込まれた舌がやわい肉を掻きまわし、遠慮がちな芳那の舌に絡みついて粘度の高い音をたてる。

乱れた淫音にさえあおられるのか、再び乳首をなぶる指先が荒々しさを増していく。

「ぁん……ぅ、ぅ……ぁん」

淫蕩な雰囲気にすっかり飲まれて夢中になっている二人だったが、まさにそのとき、甘やかな空気を裂くように芳那の携帯が鳴った。

不躾なその音に、絡まり合って密着させた肢体がびくっと硬直する。

「芳那。いいから……放っておけ」

我に返ってソファーから身体を起こそうとした芳那だったが、強い腕に巻きつかれたまま阻止される。

「だめだよ。こんな時間、きっと診療所からだ。なにかあったんだよ。お願い、放して！」

必死に言い募る妻の熱意に負けて、シャリフは結局、電話に出ることを許してしまった。

予想どおり、それは夜勤の診療所スタッフからで、骨折した牽引馬《けんいんば》が運ばれてきたという呼びだしだった。

短く話し終えると、芳那は申し訳なさそうに苦笑してみせてから、今から診療所に向かうことを告げる。

シャリフは当然、不機嫌そのものといった表情で片眉を跳ねあげて妻を睨《にら》みつけた。

「……冗談だろう？　芳那、お前は久しぶりに帰国した夫よりも、馬を優先するのか？」

シャリフの言い分は充分に理解できた。

つい今し方、芳那の方からシャリフが欲しいと要求したのに、本当に今さらな話だ。

先ほどずっとともにあたっていた硬いものは夫の欲望の証で、それは自分も同じこと。

お互い、すっかり身体は相手を求めている。

男の隠せない構造に欲の深さを直《じか》に知らされていたから、自分がシャリフを置いて出ていくことがどれほど酷なのかもわかっている。

「でも、助けられる命があるなら、どこにだって行くよ。俺がどう行動するのかなんて、もう本当はわかっているんだろう?」

乱れた服を整えて扉に向かう妻に、シャリフはため息の代わりに挑発を吐きだした。

「わたしがこのあと、他の女のところに行ってもいいのか?」

そのセリフに驚いた芳那の足が止まって、情けない表情を浮かべて振り返った。

今まで見たことがないほど哀《かな》しげに歪んだ妻の顔を目にして、シャリフはもうそれだけで満足しようと決めた。

「……嘘だよ。行ってこい。ただ……芳那をわたしの腕の中に縛っておくにはどんな縄を持てばいいのか、ここに戻ってきたら教えてくれ」

ここに戻ってきたら……。

それはシャリフが、ずっと離宮の寝所で待っていることを意味していて、芳那はひどく安堵した。

「ごめん、シャリフ。いつもありがとう! でも、俺は誰にも縛られたりなんかしないよ」

夫を残して出ていく妻の背中には、まるで羽が生えているように見えた。

部屋から芳那の気配が消えると、シャリフは度数の高いワインをグラスに注いで一気に飲み干す。こんな無茶な飲み方をする酒でないことは承知の上だ。

飲まなければ、あまりに自分が情けなさすぎると独りごちてみる。

「マハールの王子を寝所に独り残して出ていく后妃など、この国の歴史においているはずがないだろうな」

でも、わたしは芳那に、ずっとそばにいて欲しいと思っている。

こんな感情は……初めてだ。

王子を最優先することもできない后妃。

ときにいらだちつつも、使命を持った芳那の生き方にはいつも共感と尊敬を覚えてしまう。

芳那は今まで自分の近くにはいなかった種類の人間だ。

王子の今までの褥での相手は、誰もが寄り添うように生きる可愛くてはかない人種だった。

女たちはいつも、ただシャリフが来るのをおとなしく待っていて、優しく愛されることを糧《かて》として輝く者たち。

でも……芳那は、まったく違っていた。確立された一つの人格。

意志の強いその真っすぐで正直な精神に、どうしようもないほどあおられ惹きつけられる。

意のままにならず、手の中に捕まえておくことのできない自由気ままな存在。

明確な己の意志を持った美しい偽装花嫁に、シャリフは今さらながら、まるで初恋をしているような気になっていた。

思い返せば、これまでいつだって自分は、国家の将来を背負ってきた。

その重責からか、自由に誰かに焦がれたり慕ったり愛したりしたことはない。

父や宰相が欲望の捌《は》け口にとあつらえてくれる女は申し分のない容姿をしていて、従順で可愛らしかった。

欲望を散らすように彼女たちを抱くことが情を交わすことだと信じていた幼い考えが誤りで錯覚だったということが、芳那を知るほどにわかった気がする。

シャリフは芳那に惹かれていく自分を冷静に、不思議なものを見るような感覚で客観的に眺めていた。

帰国の疲れのままに奥の寝所に移動すると、天蓋を分けて広い褥に転がった。

芳那の香りが残る敷布にうつ伏せになっていると、しばらくは眠れなかったが、やがて睡魔が王子を連れ去った。


明け方近くになって、ようやく疲れきった顔の芳那が翡翠の館の寝所に戻ってきた。

そして寝台で眠るシャリフを見つけると、耳元に小さな声で「ごめんなさい」と詫《わ》びる。

寝ていると思っていたシャリフだったが、すぐに返事が返ってきた。

「芳那……お前がそばにいなくて寂しかった」

背中が跳ねるほど驚いた。

芳那が疲れていることは表情を見れば容易に推測できたが、シャリフは細い手首をつかんで褥に引きずり込むと、情熱のすべてで侵食するように覆いかぶさって抱きしめる。

「芳那、芳那……お前はいつも、わたしの腕の中から簡単にいなくなる」

「うん。ごめんなさい……でも、それは俺の意志だから許してよ。でも知っていて欲しいんだ。今、シャリフのもとに戻ってきたのも俺の意志だってこと」

もっと広い意味合いを示唆して芳那はそう口にした。

「芳那……」

そんなセリフで、いとも簡単に浮上してしまいそうになる自分にシャリフは苦笑する。

「お前は殺し文句が上手いな。呆気《あっけ》なく、ほだされそうになる」

妻の頰に手を添えると、目の下に明らかに疲労を示すクマができていた。

「なぁ、シャリフ……あの」

芳那がなにか訊きかけたが、言葉は続かなかった。

「どうした？」

――誰か、他の人を抱くために出ていかなかったのか？

そんなふうに女々しく訊いてしまいそうだったが、答えの代わりに太股《ふともも》に押しつけられるシャリフの熱い怒張の存在を感じて、そんな愚問は頭から消え去った。

こんな、わずかな間にこんなふうに変化するなんて……。

「芳那……お前が欲しい」

触れている硬い竿が、自分の中をいっぱいに満たして動きまわる快感を覚えている。

だから芳那は、わずかに身を引いて肌を震わせた。

「わたしが欲しいときに妻を抱くのは、わたしの権利だと言ったのを忘れたか？」

芳那は観念したように小さく首を横に振って、覚えていることを伝える。

「……いいよ。シャリフが欲しいなら、俺を好きにしていい。そういう約束だったから」

すべてを捧げるように、芳那は一切の身体の力を抜いてこの身をあずける覚悟を示した。

だが……。

「嘘だよ。いいんだ」

シャリフは疲労の残る芳那の目元に、まるで労るようにそっと口づけた。

「お前が疲れているのはわかってる。ただ、少しだけ、触ってもいいか？」

それでも期待に満ちた手が后妃の服をはだけさせ、なめらかな肌をやわやわと撫で始める。

甘やかな愛撫に息を詰めながら、芳那は小さくつぶやいた。

「どうして……訊くの？　だって、俺はシャリフのものなのに。自由にしていいのに？」

それは芳那の隷属的な立場を指し示した発言なのに、音の中に特別な感情を忍ばせているように優しく響いた。

「許可して欲しいんだ。芳那に、許可して欲しい。わたしだけが望んでいるのではないことを、言葉でわからせてくれ……芳那、お前に触れたい」

熱い視線に搦《から》め捕《と》られて、息が苦しくなる。

「なんて答えれば……正解？」

「考えろ」

独りの褥で長い夜をずっと待っていてくれた夫の望みなら、いくらでも言葉にしてあげたい。

「……いいよ。俺に、触っても、いいよ」

「あぁ……芳那」

身体の内側から絞りだすような切ない声で名を呼ばれ、なぜだか泣きたくなって困った。もう、なにもかも委《ゆだ》ねて好きに奪って欲しい。それなのに……。

「嬉しいよ。ありがとう芳那」

シャリフはなぜか穏やかにそう告げると、敷布の上で妻の身体をゆるく抱きしめる。

「シャリフ？　……どうしたんだ？」

好きにしてもいいと告げたはずなのに、なぜ？

「芳那、芳那。お前に頼みがあるんだ」

「なに？」

「わたしに……優しくして欲しい」

穏やかに要求されて驚く。

「え？　なに？　どうしたんだよ。シャリフは……俺なんかに優しくして欲しいのか？」

よく見ると、昨日、長い海外出張から帰国した王子の顔にも深い疲労の色がにじんでいた。

一国の将来をその肩に担って生きていくのは、並大抵の重責ではないのだろう。

今さらながら、国王の嫡子として生まれたシャリフの責務と苦悩を知る。

運命だとはいえ、逃げることも投げだすことも許されない、国家にとらわれた一生。

誰にも弱みを見せたことのないシャリフが、今回の長い出張先から何度も電話をくれたわけを思う。

今までずっと、王子は自分を心配してくれていたからだと思っていたが、違うとわかった。

彼は寂しかったのかもしれない。

周囲をどれだけ多くの優秀な人材に囲まれていたとしても、シャリフはいつもどこか孤独だったのかもしれない。

帝王として生まれ、弱みを見せることもできず、誰に助けを求めることも許されず。

きっと毎日の彼からの電話は、優しさを求めてのものだったのだろう。

思い返せば、二人してたわいのない話ばかりしていた。

診療所の話や身近に起こった面白い世間話。シャリフにも、いろんな話を聞かされた。

それは仕事の愚痴であったり、弱気な葛藤であったり。

でも、自分はちゃんと王子に優しくできていただろうか？

ただシャリフの言葉に同意の返事をしていただけかもしれない。

それでもいつも、電話を切るときに言われた。

――芳那の声を聞いたら疲れが癒《い》えたよ。ありがとう……と。

「シャリフ……なぁ、シャリフは、俺に優しくして欲しい？」

「あぁ、して欲しい。お前の方が年上なんだから、もっともっと、わたしを甘やかして癒してくれ」

ストレートでわがままな要求に、芳那の喉元に熱い塊が込みあげて息が詰まった。

やがてそれは温かいものに変化していき、思わず頬がゆるむ。

「芳那？　どうして笑う？」

「……違うよ」

勘違いして唇を尖らせる王子のことを、とても可愛いと思えた。

「甘えていいよ。俺を好きにしていい。欲しいだけ、シャリフを癒してあげる」

シャリフの言うとおり、彼は自分より三つも年が若い。

大人びて見えるが、誰かに寄りかかってもいいはずだ。

その相手が自分だったら本当に嬉しいと心から思える。

「だからいいよ。俺がシャリフを癒すから。俺のこと……抱いて、いい……」

最後は消え入りそうな声だった。

「馬鹿だな。芳那は疲れているんだから気を使うな。わたしはおあずけにはもう慣れている」

少しの棘《とげ》を含んだ言い方には目をつぶろう。自分のせいだ。

それでも彼は、別の誰かのところに赴くこともなく芳那の帰りを待っていてくれた。

傷ついた獣が、肉ではなく、飢《かつ》えている心を補うことができるように、優しくしてあげたいと強く思う。

「シャリフは優しいな。だったら……してあげる」

そう言ってしまったとき、芳那の肌が不意に甘く匂い立った。

「……なにを、だ？」

「……でも、一度もしたことがないから、上手くできるかわからないんだけど。ごめんな」

断りを入れると、芳那は褥に横たわるシャリフの下衣に手をかける。

「え？　芳那？　……お前まさか！　いい、やめるんだ」

ようやく妻が口淫をしようとしているのがわかったのか、あわてて身を起こすシャリフに、寝台の端に座るように言った。

「どうして？　俺に優しく癒して欲しいって願ったのはシャリフだろう？」

「違う！　それは、そう言う意味で言ったんじゃない」

そんなのわかってる。優しく接して欲しいという意味で言ったこと。

「でも、シャリフはいらなくても、今は俺がしてあげたいんだ」

優しくしてあげたい。シャリフに気持ちよくなってもらいたい。

今はなぜか心からそう思えるから。

でも……勢いよく言い放ったものの、いざとなったら少々ためらいがある。

それでも芳那は自分を励まし寝台に腰かける夫の前に膝をつく。

手を伸ばして帯をゆるめて下衣の合わせをくつろげる。

すでに抗う気も失せたのか、シャリフは今度はすっかり興味深げな目をして芳那の行動の一部始終を眺めていた。

その好奇の視線に怯みそうになるけれど、下衣の合わせを開いて、わずかに反応しかけている雄茎をそっと掌で包んだ。

「っ」

シャリフが固唾《かたず》を呑む音がやけにリアルに聞こえた。

自分と同じように、彼も緊張しているのだろうか？

そう考えると、なんだかおかしい。

だって、初夜の晩にはあんなに激しく自分を抱いたのに……まるで初めてこんな関係になったような錯覚を覚えるのは、行為に気持ちが伴ってきたからだろうか？

そう考えると、それはそれで問題なのだろうけれど。

芳那はやはり、少しだけためらったが、

「無理をしなくてもいいから」

そんな優しい声が降ってくると、逆にちょっと意地になった。

天の邪鬼な性格を知られているのかとも疑ったが、相手を癒してあげたい気持ちが上まわる。

口淫なんて男の自分は経験などないが、同性だからどうすれば気持ちいいかならわかる。

芳那が唇で雄茎の幹に横からそっと口づけると、びくっと震えたのが伝わる。

愛しい気持ちにあと押しされ、先端の方に向かって軽いリップ音をたてながらキスで唇を移動させていく。あっという間に雄茎は体積と角度を増していき、その質量は口淫を決意した芳那にも尻込みさせるほど視覚的な驚異だった。

蔦《つた》のように竿の表面に浮きだして巻きつく血管は、どくどくと血流の流れが目視できるほど凶悪な様相をしていて、それはまだ肥大し続けている。

力を誇示するように張りだした立派なエラを見て、自分の内部を深く穿った雄が出ていくときのことを思い出して芳那は息を飲んだ。

己の身体の中に、こすられたらたまらなく感じてしまう箇所があることを、初めてのセックスで教えられた。

あのとき、そこを集中的に抉っていたのは、このエラの縁なのかもしれないと想像すると、ぞくっと肌が甘くうずく。

「どうした？　もう怖くなったのか？」

問いかけられて、芳那はあわてて首を振ると、笠の下にある括《くび》れをやわやわと舐める。

もどかしい快感にとらわれて、シャリフの眉間が快感に歪んだ。

括れから根元までを舌で丁寧にたどっていくと、浮きでた血管を舌先にリアルに感じる。

その脈動まで感じながら、血管に添って丁寧に舐めていくと、うわずったうめきが聞こえた。

逞しい怒張に唾液を絡めるように懸命に舌を使っていると、芳那の口の周りも唾液でべとべとになって恐ろしく卑わいだった。

シャリフは不器用ながらも懸命に口淫を施す妻の様子を、熱の籠《こも》った目でじっと見おろしている。

根元まで舐めると茂みに唇が触れ、再び天井に向いて突き勃つ先端に向かって舌を這わせていく。たどたどしい愛撫にも感じてくれているようで、鈴口からは先走りの蜜がとろとろとあふれだし、太い幹を伝っていった。

「芳那、お前の口の中に……くわえてくれないか」

シャリフの望みをすべて叶えてあげたくて、芳那はうなずくと口をいっぱいに開いてシャリフの怒張を口腔に包み込む。

だが、どちらかというと口の小さい芳那はどれだけ頑張っても、巨大なシャリフの雄茎全部を口に収めることは不可能なようだ。

それでも半分まで含んで竿に舌を絡めると、亀頭を強めに吸いあげながら顔を引いていく。

シャリフの息があがって、止めどなく蜜があふれだす卑わいな様子は視覚的にも芳那をあおった。思わず鈴口の蜜をすすってから舌先ですくい取ると、中からさらに濁った精子混じりの液があふれ返ってくる。

「っ………ん。シャ、リフ……気持ち、いぃ？」

いやらしいことをしながら、自分もどんどん興奮して息まであがっていくのが恥ずかしい。

「あぁ、芳那。もっと奥まで……わたしをくわえてくれ」

「……ぅん。頑張って……みる」

それでもやはり全部を含むことができないから、根元は親指と人差し指を輪っかにして唇の動きに合わせて上下させる。

にちゃにちゃという音が聴覚でも芳那を追いつめてあおっていく。

やがて、シャリフの腰がうねるように動き始め、喉の奥に容赦なく雄茎が打ち込まれた。

「あんぅ……っ！」

嗚咽《おえつ》をこらえるために声帯を絞ると、喉をつぶすようないやらしい濁音が漏れてしまう。

焦れたシャリフが芳那の後頭部の髪をつかみ、さらに容赦ない勢いで抽送を始めた。

「ん…ぐっ……ぅぅ」

血管をまとって怒張した竿がいっそうふくらんで、それはついに芳那の口腔内で爆《は》ぜてしまう。

「芳那。すまない……っ！」

「う……ん、ぅぅあ！」

喉の奥に熱いしぶきをぶちまけられたとたんに激しくむせてしまい、生理的な涙がこぼれた。

唇から、飲みきれなかった白濁があふれそうになると、

「飲んでくれ、全部」

しゃがれた声で無茶な要求をされ、粘つく苦い体液を苦労して喉に送り込む。

「んぅ……ん」

唇の端からあふれてしまった精子が顎まで垂れているのを見逃さず、シャリフはそれさえもすくって芳那の口腔に指を入れて残らず舐めさせた。

その仕種は、まるで激しい独占欲を相手に知らしめているように見える。

シャリフの指を吸って残滓《ざんし》を舐めていると今度は唐突に引き抜かれ、唇からちゅぱっという粘着音が鳴って頬がかっと熱くなった。

己のすべてを受け入れて欲しいと乞われているのだと気づいた。

恍惚《こうこつ》とした芳那の顔はしっとりと汗ばみ、頬から目尻、耳たぶまでが赤く染まっていて、それを見たシャリフが眉根を寄せて急に目を逸《そ》らす。

「シャリフ……どうか…した？」

なにか失敗したのかと、自分の行為に自信のない芳那は不安になる。

「すまない………っ、たまらないんだ……」

「え？　ごめんなさい。俺………下手で」

決して上手くはできなかったが、それでもただシャリフに気持ちよくなって欲しかった。

満足させられたなんて少しも思っていないから、自分が情けなくなる。

きっとシャリフはこんなこと、何度も上手な女性にしてもらったに違いないから切ない。

「違うんだ。違う………芳那は、可愛かったよ」

「え？」

一瞬にして頬に血がのぼるのがわかった。

「おいで」

ほっそりとした腰をシャリフに抱き寄せられたが、芳那の身体に性的な変化は見られなくて、王子は后妃の疲労が深いことをうかがい知った。

「シャリフ……俺を、好きにしてもいいよ」

手を出してこないのが自分のせいだとわかるから、芳那は恥ずかしくても自ら誘いのセリフを唇にのぼらせた。

「だから好きにしている。お前をこうやって抱いていることで、癒してもらっている」

「シャリフ………ごめんなさい」

それが疲れている自分への配慮だと知った芳那は、本当に申し訳なく思いながらもまぶたが落ちてくるのを止められない。

「わたしに気を使うな。わたしはお前を………大事にしたい。いいから、芳那。眠っていいんだ…………おやすみ」

シャリフの声は聞こえるけれど、眠くて眠くて、もう言葉の意味が頭に入ってこない。

「うん………ごめん。ごめん……おやすみ、なさ……シャリ…フ」

穏やかに、包み込むような優しい抱擁に満たされて、芳那は眠りに落ちていく。

(――――芳那、愛しているよ)

絶対にあり得ないのに、耳元で、誰かの優しい声が、愛の言葉を囁いたような気がした。

【5】

芳那が子供たちのために計画した日本の「縁日」は、一ヶ月後にようやく形になった。

とはいえ、出店から売り物にいたるまですべてを日本から取り寄せ、マハールの工夫たちの手伝いで出店しているので、古来の「縁日」の雰囲気からはやや遠いが、それでも現地の人々に日本情緒を味わってもらうには充分だったようだ。

祭り当日、街のメイン通りには多くの国民が集まっている。

通りに立ち並んだ出店は、金魚すくいやヨーヨー釣り、綿菓子にリンゴ飴にタコ焼き。

他には面や射的といったものまであった。

タコ焼きは実際、芳那が手伝ってくれる工夫たちに前もって焼き方を教えた甲斐《かい》あって、一番人気で長い列ができていた。

シャリフと一緒に先ほど通りを訪れた芳那は、縁日が盛況でひとまずホッとしている。

それからは二人並んで歩きながら、縁日に遊びに来ている人たちを眺めていた。

昨日、芳那が診療所に遊びに来る子供に配った甚平を着て歩く男の子、ゆかたの女の子。

イスラムの衣装のやわらかい曲線は、ゆかたの持つ繊細で優雅な雰囲気と近しいのか、アバヤを着た母親と一緒に歩くゆかたの女児にも違和感はなかった。

通りを歩く女性も、近年は頭部にヒジャブを巻く者も少なくなって、おしゃれを楽しんでいる様子をよく見かけるようになったとシャリフは嬉しそうに話してくれる。

みんな心から祭りを楽しんでいるように笑顔が輝いていて、芳那は本当に嬉しく思えた。

子供たちも誰もが無邪気な笑顔になれる機会を、もっと作っていけたらと純粋に思う。

「シャリフ、みんな楽しそうで嬉しいよ。それに、甚平もゆかたもとても似合ってる」

ふふっと笑う芳那ももちろんゆかた姿だったが、見慣れない姿がなんだか色っぽくて、シャリフは欲を孕んだ色を隠すことなく熱い視線を妻に送る。

上手に金魚すくいをしていた子供たちがシャリフと芳那の姿に気づくと、一緒に来ている親たちも周囲に集まってきて口々に二人に感謝の意を伝えた。

もちろん背後にSPを従えながらではあるが、二人も心から縁日を楽しんでいる。

ただ、芳那が少しだけ日本をなつかしんでノスタルジックな気分に陥るのは仕方ないようで、そんな芳那をシャリフは気遣ってくれた。

ぼんやりと真っ白な綿菓子をなつかしい目で見つめていると、

「どうしたんだ？　その白いのを買って欲しいのか？」

からかうような軽口でシャリフが訊いてきたので芳那は怪訝な顔を向けるが、すぐに相手の意図がわかって乗ることにした。

「うん、欲しいな。ねぇ、買ってよシャリフ」

わざと可愛くねだってみせると、彼はすぐに眉尻を下げる。

そんな王子を微笑ましく思う自分も、相当、相手にまいっているのだなと思った。

久しぶりに口にした綿菓子は、甘くてなつかしい味がして、やはり日本が恋しくなる。

「なぁ、シャリフも食べてみたら。ほら」

感傷的になりそうで、芳那はあえて明るく勧めた。

「どう、甘くてふわふわしてるだろう？　美味しい？」

「あぁ、う～ん………いや、なんだか雲を食べているみたいで実感がない。でも甘くて、すぐに溶けてなくなって……まるで、芳那みたいだな」

最後の言葉に少しの棘を潜めるシャリフに、芳那は唇をつんと尖らせる。

「でも、最近はちゃんとそばにいるだろう？」

「確かに今はな。でもお前は甘えた顔でわたしのそばにいるかと安堵しても、目的を見つけたとたん、勝手にどこかに消えてしまう。手を伸ばして捕まえようとしても、逃げられてしまう。お前みたいに意のままにならない相手は初めてだよ。お陰で毎日芳那に必死になっているわたしが滑稽《こっけい》に思えるほどだ。お前を猛烈に独占したくてたまらなくなる。まるで麻薬中毒になったみたいだ」

シャリフの言葉に、芳那は驚きを隠しきれない。

これまでずっと逆だと思っていたから、すぐに反論した。

「違うよ。むしろ、そばにいないのはシャリフじゃないか。俺をいつもこの黄金にあふれた国に独りで残していくくせに。何日も何十日も帰ってこないお前を待ってるの、けっこう寂しいんだぞ。だから結局のところ、いつだってシャリフの掌の上で泳がされてるのは俺なんだ」

芳那はそう言って、シャリフの袖口を弱々しく、そっとつかんで引っぱった。

甘えられているような仕種に、今度はシャリフが驚いて芳那を見る。

「………寂し、かった……のか？」

「うん」

ためらいのない返事。

「わたしがそばにいないとき、お前は、寂しい……のか？」

「うん。寂しい」

めずらしく素直な芳那を、シャリフは困ったように見おろす。

「それは、悪かった」

素直に謝られると、芳那もあわててつけ加える。わがままを言っている自覚はあった。

「ううん、ごめん。でも、ちゃんとわかってる。シャリフがマハールを一番大事に考えて、いろんな国に出向いて企業と交渉しているの」

「だとしても、芳那は独りでいると寂しいんだろう？」

「………寂しいけれど、平気だから」

強がりを言っても、目が泳いでしまって隠しきれない。

「嘘だな。まるで、どこにも行かないでと言われているようで……少し嬉しい」

シャリフは愛しさを隠さないまま、慈しむような笑みを向けた。

まだ大人になりきらない少年少女が思春期にする拙い恋のような、そんなくすぐったい甘さが二人を包み込む。

「芳那……わたしは」

シャリフが思い余ったように、なにか大事なことを言おうとしたときだった。

二人の前に転がるように飛びだしてきた美しい女性が、唐突に目の前にひれ伏した。

当然、王子と后妃の傍らにいたＳＰや芳那のボディーガードであるナディールによって、謎の女は一瞬にして取り囲まれる。

「お許しくださいシャリフ王子。私をお忘れですか？　サミーラにございます」

慣れていないのか、それは癖の強い英語だった。

彼女が英語で話す理由は、芳那にもわかるようにとの意図があるのかもしれない。

サミーラはマハール王国の伝統的な舞踊の継承者で、国民からは星の舞姫との敬称で愛されている美しい踊り子だった。

ナディールに強く腕をつかまれた彼女を見て、芳那が声をあげる。

「ナディール、女性にあまり無体なことをしちゃだめだ」

とっさにそうたしなめた芳那のことを、サミーラと名乗った女性が呆然《ぼうぜん》と見つめた。

「あぁ、后妃様は本当にお優しくて美しいお方です。シャリフ様が夢中になられるのもわかります。私のような者にまで、お慈悲をいただけるなんて」

「なんの用だ」

だがシャリフは感情のない平坦な声で、眼前にひれ伏す女に向けて言い放つ。

「シャリフ様がご成婚されたことは存じております。でも、どうか……刹那《せつな》でも私のもとにもお運びくださいまし。ご婚礼の三ヶ月前にお会いして以来、一度もお越しいただけません。私は寂しくて寂しくて……どうかシャリフ王子、ひと月に一度でもかまいません。どうか私をお召しください」

「……サミーラ」

「あなた様を心からお慕いしております。もちろん、后妃様のご迷惑になど決してなりません。先王様にも多くのお妾様がいらっしゃいましたように、どうかわずかの情を私にもお与えいただきとうございます」

彼女の必死で悲痛な懇願に芳那の心は激しく波立っていたが、それとは別のところで、男としての視点で彼女がかわいそうになって情が湧く。

「シャリフ。俺は気にしないから。だから、時々は彼女のところに行ってやればいいじゃないか。俺に遠慮してるならかまわない」

よかれと思って口にした言葉に、シャリフは過剰なほどの拒絶反応を示した。

「芳那、お前…なぜそんなことを言う？　今のわたしには后妃一人がいればそれでいい」

なぜかシャリフはつけ入る隙もなく、それどころか強い怒りを感じているようで怖い。

それでも、芳那は地に伏したままの彼女が不憫《ふびん》でならない。

「さぁ、もういいから立って」

芳那は泣き崩れるサミーラに近づいて顔をあげさせると、シャリフに告げた。

『彼女はきっと、一方的にお前が離れてしまったことに納得していないんだ。この先どうするのかちゃんと話をしろよ。俺とは偽装結婚なんだから、一年経ったら離婚して独身に戻るんだろう？　その事情は明かせなくても、一年だけ待っているように言えばいい。そうすれば彼女は安心してお前を想って待っててくれるよ』

芳那は二人だけにしかわからない日本語でそう勧めたが、シャリフのまなじりはさらに恐ろしいほど吊《つ》りあがる。

『あぁ、そうだな。たしかに芳那はわたしにとって、一年間の偽装花嫁でしかなかったな』

いらだった仕種の王子に、いきなり腕をつかんで引き寄せられ、

『ちょ、なに？　シャリ…フ…っ』

衆人が見ている前で、芳那は怒りをぶつけるように激しく口づけられていた。

顔を背けようにも、襟足をきつくつかまれて動けない。

二人のそんな姿に、サミーラは衝撃を受けたように目を見張る。

なぜなら、シャリフが彼女に口づけたことなど過去に一度もなかったからだ。

さんざん芳那の口腔内を我が物顔で蹂躙《じゅうりん》し、痺れるほど舌を絡められたあと、ようやく突き放すように解放された。

芳那の唇は紅く濡れていて、息はすっかりあがっている。

「いいかサミーラ、よく聞け。今のわたしには芳那がいればそれでいい。欲に任せて他の者を抱くような不埒《ふらち》な真似はしたくない」

シャリフのこの英語での発言は、何事かと集まってきた国民たちへの建前なのか、彼自身の本音なのかわからなかった。

『こんな綺麗な女性から想われてるのに………シャリフは贅沢だよ』

『サミーラには悪いと思っているが、あくまで身体だけの関係だった。芳那にもわかるだろう？　男には時々、そういう相手が必要になる。たまたまわたしの処理の相手に宰相たちが選んだのが彼女だっただけだ。わたしがサミーラを選んで関係を結んだわけじゃない』

そしてシャリフは、決定的な暴言を吐く。

『それに、わたしはサミーラを愛していない』

なぜだかわからないが、彼女の立場に自分を重ねてしまった芳那は無性に腹が立った。

多分、結局は自分も彼女と同じで、シャリフに欲や金で利用され、最後には都合よく排斥される立場だということを思い知らされたからかもしれない。

『お前、最低だ……』

シャリフは過去に情を分けて抱いた相手に対しても、冷めてしまえばこれほど冷淡になれると知った。

『あぁ。芳那の言うとおり、わたしは最低の男だな』

きっと自分も、期限がすぎたら簡単に切り捨てられて終わるのだろう。

そんな女々しい思考にいたってしまい、なにを嘆いているのかと自分が馬鹿に思えた。

最初から、そういう契約だったじゃないか。今さらなにを期待している？

まるで、すでにシャリフを好きになってしまっている己の本心を突きつけられたようで、情けなかった。

言うべきではないとわかっているのに、止められなかった。

『シャリフにとって、結局俺だって同じじゃないか。偽装結婚の相手なんだから、愛なんてここにない！　時期が来たら終わるんだから、我慢して男なんて抱く必要はないんだ。お前だって女性の方がいいに決まっている』

もう、なにを言ってるのかわからなくなる。

でも……これはきっと、醜い嫉妬《しっと》だ。

『違う！　それは違う！　わたしは芳那のことをそんなふうに思ったことはないし、軽んじた扱いをしたこともないはずだ。お前は…………お前は…………特別、なんだ』

『特別？　偽装でも后妃だから？　言ってる意味がわからない！』

『お前は違うんだ。お前は……これまで快楽を得るために抱いてきた女たちとは違う』

『なにが違うんだよ！　同じだろう。むしろ俺の方が……』

これは偽装結婚なのだから、自分との関係の方が最初から決定的に嘘で偽装で、ここに心なんてないはずだ。

シャリフはなにを馬鹿げたことを言っているのだろうか？

『同じじゃない。お前は……芳那は、違う。お前は……誰にも代わりができない。わたしにとって、もう…そういう存在になっている』

『契約期限がきたら終わりなのに？』

『違う！　芳那のことは……手放せない』

『嘘ばっかり言うな』

『嘘じゃない！　今のわたしには、お前だけでいい。芳那がいればそれでいいんだ。お前だけは失うことはできない』

彼女は冷たい土の上に伏したまま、二人の日本語での遣《や》り取《と》りを唖然と見ていて、なんだか切なかった。

『かわいそうじゃないか。本当に俺がいいって言ってるんだから、時々彼女のところに行ってやればいいだろう。この国ではそういうのが常識みたいだからな。一夫多妻制？　砂漠の王子様のハーレムなんて、映画みたいで最高じゃないか』

最後の方は完全に言いがかりの嫌味で、棘のある暴言だとわかっていた。

喉の奥がひりついて、その痛みが言葉を尖らせている原因なのだと責任転嫁をしてしまう。あまりに芳那がひどい言葉で言い募るので、シャリフも好戦的にふんと鼻を鳴らした。

駆け引きに手慣れているのは、百戦錬磨の商談ものにしてきた自分の方だという自負があるらしい。

『芳那、まさか、わたしにセックスの相手が他にいれば、伽《とぎ》の相手をせがまれることがなくなって好都合だとでも企《たくら》んでいるのか？』

そんな考えは微塵もなかったが、もしそうなったら、確かに気が楽になるかもしれないと芳那は今さら気づいた。

『ならばもう一度訊くが、わたしが本当に他の女を抱いても芳那は平気か？　なにも感じないのか？』

でも、それ以上に……今の問いかけに、自分でも驚くほど胸が凍りついてしまう。

目の前の肉感的で美しい本物の女性を抱くシャリフの姿を少しだけ想像してみて、悪寒が走った。

一瞬の間に多くの感情が脳裏を巡って。

絶対に見たくない……。

そう思った自分にぞっとする。

なにも言えずに硬直していると、シャリフに詰め寄られた。

『ふん。お前の浅はかな企みはわかった。だがあいにく、わたしは今、芳那以外の誰も抱く気はない。残念だったな』

そして王子は今度、アラビア語でサミーラに告げた。

「わたしは妻を大事にしたいと思っている。だから、妻以外を抱くつもりはない。お前にはすまないが許してくれ」

彼女は泣いていたが、それでもはっきりと真実を告げられたことで、少し冷静さを取り戻したようだった。先ほどのまでの凍てつくような表情が、少し和らいだようにも見える。

そしてこのときのサミーラは、冷徹なシャリフから自分を庇《かば》ってくれた后妃に対し、申し訳ないという気持ちになっていた。

シャリフのそばにいた側近の一人が多額の手切れ金を渡すことを彼女に耳打ちしたが、サミーラは頑なに首を横に振った。

ただ王子を愛しているのだと告げ、最後には静かに芳那に頭を下げて謝罪を伝えたあと、そのまま人の波に紛れて消えていった。

騒動がようやく収まったあと、シャリフは后妃の手を引いて急いでその場を離れた。

「なぁシャリフ、さっき彼女にはなんて言ったんだ？　なぁ、なぁ！」

強い力で引っぱられ、歩幅の違う芳那は小走りになる。

「わたしには妻がいるから、不貞はしたくないと言っただけだ。なにか間違っているか？残念だが芳那、そろそろ観念してわたしに抱かれてくれないか。優しくする。だから……」

この国の誰もが心を奪われる、麗しい容貌のマハール王国の王子。

逞しい美丈夫のシャリフに、こんな熱い目で掻き口説かれて、拒否することなどできるだろうか。

あぁ、だめだ。もう、無理だ……。

芳那は心から残念に思った。

シャリフは賢王で、その上、常識があって知的で、極めつきは優しすぎる。

アラブの王子様なんて、実際は女好きで節操がなくていい加減で傲慢で強引で、金と顔以外いいとこなんて一つもないように想像していた。

一刻も早く愛想を尽かせたいのに、シャリフはぜんぜん違っていた。

気配りができて優しく、その上、誠実だなんて……そんなの卑怯だし、やっぱり困る。

他の女と豪遊して、もう流血が止まらなくなるほど深く傷つけてくれればいいのに。

そうすれば、お前なんか嫌いだと罵倒《ばとう》して、それでもあきらめて身体だけでも期限が来るまで抱かれてやるのに。

どうしたらいい？

身体だけじゃなく心まで奪われたら、もう生きていけない気がした。

唇を嚙みしめて王子を見あげていると、やがてその瞳の中に時折あらわれる欲の色を見いだす。おそらく、その色は自分の瞳にもにじんでいるのかもしれないと気づいた。

「芳那。今夜、翡翠の館の寝所にわたしを招いてくれ。お前を抱きたい」

明け透けな誘い方だったが、ストレートに欲しいと求められて頰が紅くなる。

国民たちが楽しんでいる縁日をあとにして、芳那はそのまま王子に腰を抱かれ、返事を待たずして連れ去られていった。


翡翠の館の地下には豪華なスパがある。

薔薇《ばら》の花びらが湯面に散ったゴージャスな秘湯に、芳那は導かれた。

たっぷりと満ちた湯殿は手前は浅く、奥に行くほど深さが増していて、まるで遠浅の浜辺のような優雅な形状に造られている。

「っ……うん……ぁ」

そんな妖《あや》しくも麗しいスパには、今、か細い吐息が反響していた。

着ていた服をすべて脱がされたあと、芳那は侍女たちに肌の隅々までを掌で洗われている。

唇を嚙みしめて声を殺しても、複数の手であちこちを撫でまわされれば腰がうねるのを止められなくて、そんな様子をシャリフは少し離れた位置から恍惚とした目で見つめていた。

スパの中には天蓋で囲われた箇所があって、ペルシャ絨毯と綿布の敷きつめられた上にシャリフは足を組んで優雅に横たわっている。

大きな扇で二人の侍女が王子を扇いでいるが、今このスパの中には男女併せて二十人から三十人ほどの従者が働いていた。

「今度はシャンパンにしてくれるか」

シャリフは給仕の者に、別の酒を催促する。

ゆったりとグラスを傾けながら、男の飢えた鋭い視線は一箇所から外れることはなかった。

時間をかけて身体を清められたあと、数人の侍女が芳那を獣の形に這わせて取り囲んだ。

彼女たちは光沢のあるローションを掌に落とし、撫でるように白い肌に塗り広げていく。

しばらくすると、芳那は再び苦しげな声を漏らしながら身をくねらせ始めた。

きめの細かい日本人特有の白い肌は輝くようで、侍女たちは后妃の美肌に見とれながら愛撫まがいの作業に夢中になっている。

やがて肌のケアが終わると、瑠璃《るり》の小瓶を手にした侍従が、四つん這いにされた芳那の背後に膝をついた。

「后妃様。失礼いたします」

「え？　ぁ、なに？　え、ぅぁ……！」

自分がなにをされるのか気づいた芳那が身を起こそうとするのを、前にいた別の侍従が肩をつかんでやわらかく阻止する。

強い力ではないから、本気で暴れれば逃げることも可能だろうが……。

芳那が天蓋の下でくつろぐ王子の方に目をやると、彼はなにかに憑かれたような危うい双眸でじっとこちらを凝視していて、逆らう気力を根こそぎそがれる。

あきらめて全身から力を抜くと、たっぷりと香油をすくった男の指が、小さな窄まりを分けるようにして中に押し入ってきた。

「ぁぁっ！　やっ……………ぁぅ」

こんな目にあうのは初夜の交合の儀式を含めてまだ二度目だったが、いくら交わるために必要だとしても、赤の他人にこんなことをされるのはどうしても慣れなかった。

男としての矜持《きょうじ》はかろうじて残っているが、このあとシャリフに貫かれて揺さぶられる頃には矜持なんてどうでもよくなり、欲に溺れる浅ましい己しか残らないと知っている。

「ぅ……ふ、っ……く……」

前歯が食い込むほど下唇を噛んでも、どうしても息に混じって喘ぎが漏れてしまった。

狭い肉襞をくつろげながら時間をかけて香油をたっぷり塗り込められたあと、最後の仕上げにと眼前の侍従が、ラピスラズリという青い半貴石で装飾された美しい箱の中から、見覚えのある淫具を取りだした。

それを目にしたとき、芳那は絶望的な顔になって激しく首を横に振った。

「いやだ！　それは……ぃや。中に…挿れ……ないで！」

初めてシャリフに抱かれた交合の儀式のときにも使われた、その乳白色の象牙の張形は、王子が挿入しやすいように芳那の後孔を広げるための淫具だった。

些細な抵抗は、二人の逞しい侍従をあおりこそすれ、なんの妨げにもならず、

「后妃様。こちらを挿れさせていただきます。どうぞ力をお抜きくださいませ」

押さえられ、窄まりに冷たい先端があてられた次の瞬間には奥まで挿入されていた。

「ぁ――――だめ！　…だめっ………ぃぁ…ぁぅ…ぅ」

褐色の肌が特徴的なマハール人の侍女や侍従に囲まれて身悶える白い肌は、視覚的にもとても淫靡に映えて輝くばかりの色香を放つ。

小振りな尻がくねる様子を見おろす二人の侍従の雄は、不届きにも猛々《たけだけ》しく反応していた。

スパでは侍従は薄い衣装しか着ておらず、その変化がシャリフの位置からもよく見えた。

そして前回と同じように、象牙の張形が抜け落ちるのをふさぐようにして、黒革の貞操帯が腰に巻きつけられる。

「やめて……それは、もぅ………ぃや、ぁ、ぁ」

目の前が赤く染まって見える。

おそらく象牙には前回と同じように催淫効果のある媚薬が塗られていて、すでに内部が熱を持ったように湿ってくるのを感じてじっとしていられなかった。

だから、優雅な足取りで近づいてきたシャリフが、生け贄《にえ》のように差しだされる裸体を刺すように見おろしていることに芳那は気づかなかった。

白い肌が蒸気して薄紅色に染まり、肌とコントラストを描く黒い革の貞操帯が細い腰から秘部に食い込んでいる様子は恐ろしく扇情的で嗜虐的だった。

「お前たち、もう下がっていい」

シャリフはいい働きをした侍従や侍女たちに謝意を伝えたが、侍従の一人が聞こえていないのか食い入るように后妃を見ている。

「お前……聞こえているか？　もういいと言ったんだ」

「は！　失礼いたしました！」

我に返ってあわてて立ち去ろうとする侍従に、王子は気まぐれを思いついた顔で尋ねる。

「どうした？　お前、わたしの妻がどんなふうに乱れるのかを見ていたいのか？」

恐ろしい暴言が夫の口から吐きだされて、芳那は震えあがる。

「いいえ！　そのようなことは断じて……本当に申し訳ありません。シャリフ様」

非礼を詫びて床に伏す侍従に対し、重ねて答えを求めた。

「かまわない。正直に言ってみろ。后妃がわたしに抱かれる姿を見ていたいのだろう？」

尋ねるシャリフの表情には悪戯な色が浮かんでいて、侍従はあきらめて正直に答えた。

「……………は、い。おっしゃるとおりでございます」

「なぜだ？　なぜ、わたしの妻を見ていたいんだ？」

「ぁ…ぁ、シャ、リフっ……や、めて。そんな、こと……最低だ！」

悲鳴のような拒絶を吐いても、聞き入れられるはずもない。

「はい。わたしはこのような真珠のごとき白い肌を見たことがありません。后妃様はどこもかしこもお美しい」

「それだけか？」

「っ…………いいえ。それに……后妃様の、中は………」

芳那の顔面は蒼白《そうはく》に変わっている。

「いやだ！　そんなこと……言わないでっ」

「いいから続けろ」

「はい………后妃様の中はやわらかくて熱く、わたしの指に吸いつくように締めつけてきて」

侍従の呼吸が乱れているのを、シャリフは満足そうに片眉をあげて聞いている。

「わたしの美しい妻と、交わってみたいのか？」

芳那は四つん這いのままでただ震えていたが、今の言葉だけは聞き捨てならなかった。

顔をあげたとたん、王子と目が合う。

「そんな……いやだ…シャリフ！」

瞳の表面を覆った水分が、あっという間に目尻から水滴となってこぼれ落ちていく。

「いいえ！　………后妃様と交わるなど、滅相もありません」

「正直に言え。わたしの自慢の妻と、交わってみたいのだろう？」

「………は、い。いえ。できるなら…たとえ殺されても本望だと思えます。ただ一度でも」

シャリフの意図がわからずに、芳那は絶望的な目で懇願するように首を横に振る。

「そうか。だが残念ながら后妃の身も心も、わたしだけのもの。だから、そこで見ていろ。見るくらいは許可してやる」

「やめてっ……シャリフ、またそんなことを！　ぃやだ…絶対に…見られるのは、いや…」

許可が出たことで、立ち去ろうとしていた数人の侍従や侍女たちが二人の周囲に遠慮がちに戻ってくる。

「ぁ、ぁ………嘘だ。やめて。シャリフ………見られるのは、もう…お願いだから」

「なぜだ？　初夜のときも、宰相や長老たちの前でわたしに揺さぶられ、可愛くイくところを見られただろう？　お前も王室に入った后妃なのだから、いい加減、見られることに慣れろ」

豪快に言い捨てたシャリフは、優雅な手つきで衣装を脱ぎ始める。

周囲の侍女が手を貸そうとするのを制し、王子が全裸になったことで、スパの中に驚きのざわめきが走った。

これまでも何度か、王子はこのスパで貢ぎ物として差しだされた遊女や男妾を抱いたことがあるが、ただの一度も自らが服を脱いだことなどなかったからだ。

逞しいシャリフの裸体を間近で見た芳那は、怖いと感じるのと同じくらい興奮を覚えるが、心まで揺さぶられないようにと予防線を張ろうとする。

そんな中、惜しげもなくさらされたシャリフの逞しい裸体に、侍女も侍従も釘づけになっていた。

王子の胸には小さな鍵が金の鎖でさがっていた。

それは、芳那の腰にきつく巻かれた黒革の貞操帯の鍵。

うつ伏せに這わされたままの格好で、芳那は妻を抱くため全裸になった男を見あげる。

高圧的に見えるほどの長身で、包容力の高そうな肩幅。そこから伸びる逞しい腕。

くっきり浮かぶ鎖骨は男の色気を醸しだし、その下に続く胸筋は肉厚に盛りあがって、割れた腹まで波のような筋肉が綺麗な造形を描いていた。

そして……。

芳那は男の股間ですでに隆々と勃起している凶悪な雄茎を目にしたとたん、恐れをなした。這うように前にいざって逃げだした。だが……。

「ぁ……ぇ！　な、に……だめ……や！　ぁ、ぁん！　中が…あた……てる。ぃやっ」

奥まで埋められた象牙の張形が、芳那が這うことで中で移動し、敏感な肉襞を刺激する。

シャリフはあわてた様子もなく、膝でいざって逃げる妻を愉《たの》しげに見おろしながら、ゆるりと歩いて追いつめた。

「なぜ逃げる？　芳那は本当につれないな。ずっとわたしは毎晩でも妻を抱きたかったのに。お前は今日までいたずらにわたしを焦らし続けた」

「それは……だって………それは」

今までセックスを強要されないのは、シャリフの自分への配慮と優しさだと考えていた。

でも心のどこかに、最初に抱かれたとき、もしかして男である自分が彼を性的に満足させられなかったのが原因で、強く求められないのかも……という危惧《きぐ》もあった。

だから正直、怖くて……自分から誘うことなどできなかった。

「簡単にわたしのものになってはくれない芳那を、この手の中に永遠にとらえておきたいと本気で望んでいるわたしを、お前はおかしいと思うか？」

追いつめられ、とうとう王子に捕獲された芳那は、呆気なく仰向けに返され組み敷かれる。

「っ！　放して！　シャリフ…や、ぁ……」

「お前はどう思う？　答えろ。芳那が欲しくて気が狂いそうなわたしはおかしいのか？」

「お、おかしいよ。そんなの、っ……おかしい」

「ならばそれは、すべて芳那のせいだ。お前がわたしを、おかしくさせている！」

無責任に責任転嫁され、芳那は悔しくて唇を引き結んで泣きたくなるのをこらえる。

「可愛げのない妻には、この想いの丈を我が身をもって知らしめることが必要らしい」

「いやっ……シャリフ。そんなの、しないで……お願い。せめて……寝所で」

「なにを言う？　今までなかなかこの離宮に招いてくれなかったのは、お前だろう。芳那」

シャリフは値踏みするように后妃の裸体を真上から眺めてから、思いついたように色づいた右胸の突起に唇を寄せる。

「ぁ！　……や……ぁ」

侍女たちの勤勉なまでの仕事ぶりのお陰で凝った乳首を、シャリフは舌先でしつこく舐め転がし、赤みを増してつんと上を向いた粒を窄めた唇で強く吸って引っぱりあげる。

「ぁう！　やっ……ぃた……　ぃ」

「嘘をつくな。ここが好きだろう？　最初に抱いたときから、お前は乳首をなぶられただけで泣いてよがっていたくせに」

「嘘っ……そんなの、嘘だ！」

「嘘だと思うなら証明してやるよ」

宣言どおり、ちゅぱっと卑わいなリップ音を何度もたてて強めに右の乳首に吸いつかれ、芳那は耳からの粘着音に聴覚的に犯されていく。前歯で突起を挟んでそのまま顔を左右に振られると、前歯で乳首の根っこが強くこすられ、腰がぴくんぴくんと跳ねあがる。

「ふふ……いい子だ」

呆気なく翻弄される妻の様子に夫はずいぶん気をよくして、今度は乳輪ごと乳首を含んでめちゃくちゃに舌を巻きつけて転がし倒した。

「ぁふ！　……ぅ、ぁ……ぁん……やぁぁ」

さらには濡れて熱くなった口腔の肉でしっとり包み、熟した粒を乳輪に埋める強さで舌で押しつぶしたあと、浮かんでくるのを視覚でも愉しんだ。

そのあと、ひどくしたことを詫びるように、唾液を絡めて優しく舐めしゃぶる。

「うん……く、ぁ……だ、めっ……ぁ、ぁん！　ん。ぃ…やぁ」

度を超した喜悦が背筋を這いのぼって背中が反り返ると、まるで捧げもののように尖った乳首をシャリフに差しだす形になってしまう。

「お前は可愛いな。わたしにもっと食べて欲しいみたいだ」

「ぁぅ……や、違っ！　歯っ……あたって、いた…ぃ。噛…まない…で！　ぁぅん……や、ぁ…ぁん」

シャリフはまるで今思いだしたように、手つかずで放置されたままの左側の乳首を、べろりと音がするほど、舌の根っこから先までを使って見せつけるようにしゃぶってみせた。

「ぁ――――！」

不意打ちの刺激に背が浮きあがって、今度は床に引っぱられるようにガクンと落ちる。

「は！　はぁ………ぅ、ぁ……ん」

さらに今度は閉じた唇の表面を使って、やわやわと乳首の先端に触れるか触れないかの力加減で左右に撫でると、喘ぎをこらえようとして失敗した芳那の喉から媚びた声があふれ返った。

「ぁ……ぁぅん……やだ、そ、こばっか……り、だ…め……お願っ……ぁ、も、ぁぁん」

喘ぐ声に甘さと興奮が混じってくる。

「もうわかったろう？　芳那は乳首をなぶられただけで、あんあん可愛く鳴けるってことだ」

そんなふうにからかわれて恥ずかしくてたまらず、思わず両手で顔を隠したが、それさえも呆気なく振り払われる。

「見せろ。隠すな！　お前の顔も身体も、全部わたしのものだから隠すことは許さない」

痛々しいまでの鮮烈な独占欲を突きつけられ、快感ではなく恐れで皮膚がぞくっとおのののいた。抵抗を封じるように両手首をつかんで頭上に縫い止められると、無防備にさらされた脇や横腹にまで唇が落ちてきて、我が物顔で舌が這いまわる。

「あふっ……やぁ……ぁ、ぁ」

自分でも知らなかった快感に触れる場所がこの身にはまだあるようで、ビクビクと跳ねてしまう敏感な四肢をもう止められない。

「ぁ、ぁ、ぁん！　………だめ、そこ………やめ、て」

脇腹から前に移動した舌に形のいいヘソを抉られ、そのまま鳩尾《みぞおち》を伝いのぼって再び乳首に鼻先を強く押しつけられると、もうどうにかなりそうだった。

「ひっ……もぅ、そこは……だめっ」

執拗に乳首を愛《め》でられるのに、貞操帯に覆われている雄茎には一度も触れてもらえない。

自分のそれが革の中で蜜を垂らしながら蒸れているのがわかるが、プライドが邪魔をして外して欲しいとは口にできなかった。

「どうした、芳那？　なにか言いたそうだな」

言葉で要求させたい意地の悪いシャリフが、貞操帯のふくらみを掌で包んで上下に扱く。

「あ！　ぅあ……ひ！」

革の上からでも、その刺激は壮絶だった。

つられて中が締まって張形を喰《く》いしめてしまい、そのせいで最も感じる箇所が偶然にも抉るように刺激され……。

「ぁ――――！」

恥ずかしいことに、芳那はたったそれだけで呆気なく貞操帯の中で達してしまった。全身を痙攣させて射精の瞬間を迎えさせられた后妃の姿は、視覚的にも妖艶《ようえん》すぎた。先ほどから二人の周囲で夫婦の交合の一部始終を眺めている侍従たちは、己のペニスを衣服の上から扱きながら食い入るように后妃の淫らな反応を見おろしている。

侍女も指を舐めながら、逞しい王子に熱烈に翻弄される芳那の姿を、我が身に置き換えて感じ入っているようだった。

「しょうがない奴だな。わたしの許可なくイくなんて。そんなに快《よ》かったのか？」

「ぁ……はぁ、は……」

「答えろ」

「………」

芳那は羞恥で赤く染まった頬を背けて、小さく首を振る。

喉が嗄《か》れて声が詰まって、呂律《ろれつ》がまわらなくなるほど粘っこく全身を撫でて舐めまわされたあとで訊かれても、上手く声が出せなかった。

「では質問を変えてやる。わたしが……欲しいか？」

頑なに首を振っていたが、表情をのぞき込むようにして再び凝った胸の花芽を指で強く摘

まれてしまい、

「あぅん……っ」

「正直に言わないなら、今夜は乳首だけで何度もイかせてやるぞ」

最上級の脅しに、ついに芳那は陥落した。

「っ……ん。ぅ……欲……ぃ……欲し……」

望みの言葉を聞けて、まるで勝ち誇ったように王子に嗤《わら》われると、もう死にたくなる。

「ならば、もっと可愛くわたしを誘ってみろ」

再び涙があふれそうな瞳で夫を睨みつけてやるが、それでも欲しくてもう我慢できなかった。

「……はや……く、早く、シャリフが……ほ…ひぃ」

決して故意ではないが、呂律がまわらなくて幼い幼児のようなセリフを吐いてしまい、その瞬間、耳まで熱くなった。

「ふふ。なんだ？　ちゃんとしゃべれてないぞ、芳那。でも……そんなお前も、わたしは可愛いくて仕方ない」

シャリフは己の首に鎖で吊《つる》された鍵を使って、ようやく黒革の貞操帯を外してくれた。

「あぁぁぁ………見ないで。お願い……」

長い間放置された陰茎は、先ほどの射精でしたたるほど蜜にまみれている。

「すごい状態だな。かわいそうに……では、そろそろお望みのものを与えてやるよ」

そう言うと、シャリフは芳那の膝裏に手をかけて、羞恥をあおるかのように大きく左右に割り開く。

「ぁ、ぁぁ……恥ずかしい。こんなの……ひどい…よ。シャ…リフ……や…めて」

その直後、中を深々と穿っていた象牙の張形が押し出されるようにして抜け落ち、シャリフはそれを拾い上げて見せつけるように舌を這わせた。

「ふふ、また象牙が熱くなってびしょびしょに濡れている。それに、お前の可愛い口が咀嚼するように蠢いているのが丸見えだ」

「やっ……ぁぁ。そんな……」

指摘されなくても、埋めていたものを抜かれた孔の縁がだらしなく開くのを、下腹に力を入れて阻止することを繰り返すせいで、縁が開閉してしまうのが自分でもわかっていた。

それでも媚薬の効能なのか、蠢くのを止める術が見あたらなくてたまらない。

「どうだ。お前たちも、もっとよく見たいだろう？　遠慮するな」

シャリフはわざと妻から距離を取って、赤い微肉をのぞかせてゆるんだ卑わいな孔を、周囲の従者たちにも見せつけてやる。

「やめて！　ぃやだ。シャリフ……………お願いっ…………やめて。ぁ…ぁぁ」

今の王子は、まるでこの中に挿っていいのは、自分だけだと誇示するようだった。

美しい后妃の秘所を食い入るように見ている従者たちは、熱い息を吐いて興奮しきった様子で自慰に興じている。

「さぁ芳那、欲しいんだろう？　わたしのこれが……そろそろ挿れてやるよ」

シャリフの怒張は、すでに限界を超えるほどに肥大して鈴口からあふれた先走りで竿がぬらぬらと濡れ光っている。

その先端が、象牙で無下に広げられた後孔の口を悪戯に上下に撫で始めた。

芳那は期待に満ちて挿入の瞬間を待ったが、意地悪なシャリフはただ尻の狭間に竿を行き来させてこすりつけるだけで、いつ秘唇を突き破られるかわからず、勝手に腰に力が入った。

「ぁん……っ、ぅ、く……どう…して？　ぁっ。それ……もぉ、やだぁ……」

焦らされて焦らされて、たまらなくなった芳那の腰が自ら誘い込むように突きだされると、可愛いと囁いて腰を引かれ、目尻にたまった悔し涙を優しく吸われてしまう。

さっきまであれほど強引だったのに今度は急に甘く焦らされて、もう限界だった。

「お願い……シャリフ。はや……く。はやく……きてぇ」

恥も外聞もなく、急かす言葉を籠ったぬるい息と一緒に吐きだす。

「可愛いよ……芳那。今、お前の望むものを与えてやるから待っていろ」

「ぁ、ぁ……あ！」

声の甘さにうっとり油断した一瞬ののち、今度は打って変わって淡々とした声で目の覚めるようなことを訊かれた。

「芳那、最近の診療所はどうだ？　聞くところによると、お前、最近ナディールとずいぶん仲がいいらしいじゃないか」

（――――挿るぞ）

次のセリフは息で耳に吹き込まれる。

「ぁ……ぃあ　ぁ！　ぁぁぁ」

弱い耳朶を舐められ、耳腔にねっとり舌が差し入れられて泣きつくような喘ぎが漏れる。

「答えろ。あいつは芳那の仕事を手伝ってくれるんだろう？　他にはなにをしてくれる？」

（――――まだ、きついな。もっとゆるめないと挿らないぞ。挿れて欲しいならゆるめろ）

懸命に言葉に従うと、ようやく閉ざされた口を押し開いて熱が中に潜り込んでくる。

ずぶっと音がするほど、硬い雄が窄まった肉襞を掻き分けながら侵入してきた。

だがあまりに強い締めつけに途中で動けなくなると、シャリフは下から押しあげるようにして、浅いところを何度も揺すりあげる。

「や、あぁぁぁ」

感度のいい入り口付近の肉をこすられ、悲鳴に似た喘ぎが芳那の喉を掻きむしり、ドーム型になった高い天井に大きく反響した。

贅の限りを尽くしたような地階のスパは、どこか淫靡で閉鎖的な匂いをまとっている。

「答えるんだ芳那、わたしの不在中に、ナディールと浮気なんかしていないだろうな？」

芳那が余裕のないときなら正直に答えを引きだせるかと考えたシャリフの嫉妬に満ちた行動だったが、その問いは、すでに芳那の耳には入っていないようだった。

「まぁいい。だが、わたしは妻の浮気など絶対に許さないから覚えておけよ」

恍惚とした表情の芳那は浅い部分をもてあそぶようにこすられ続けると、もっと奥を突いて欲しくて逞しい腰に爪を立ててこちら側に引き寄せようと躍起になる。

浅ましい仕種に含み笑いを漏らしながらも、それに応えるようシャリフがガンと一度突きあげると、急に最奥まで抉られた芳那の身体が大きくしなって今度は泣きを入れてくる。

「ぁ…奥、奥っ……深…い！　ぁ……もう、いっぱい。もぅ…挿らなっ……」

誘い込むような身体の反応と拒絶する言葉が矛盾に満ちていて、それが今の芳那のすべてなのだとシャリフは気づいてしまい、不謹慎にも微笑ましく思えた。

「ふふ……欲しいのか？　欲しくないのか？　どっちなんだ」

欲しくて欲しくて、でも強い刺激がまだ怖くて恐れに震える、セックスに未熟な身体。

喘ぎ声を殺そうと噛みしめた唇の端から、蜜のような粘度のよだれが垂れ落ちる。

粘つく液体にまみれた肉壁を、いっそう張りだした笠の縁でこすられて喉奥がぐっと鳴った。

「だめ……もぅ、挿らな……からぁ」

「ザーヒルが言っていたが、お前の仕事ぶりは優秀で診療所でも評判がいいそうだな。まさか、わたしの知らないところで誰にでも色目を使っているわけじゃないだろうな？」

（――――まだだ。まだ半分だ。さぁ……もっと頑張れ）

吐息でねぶるように耳に吹き込まれる囁きに、全身がたまらなく反応してしまう。

「ぃあぁあっ！　無理っ。もぅ……挿ってこないで……ぁふ……抜いて、抜い…てっ」

「嘘をつくな。欲しくてもう腰がうねっているじゃないか」

「ぁ、ぁ！　だめ、だめ……いやっ」

「なにがいやなんだ？　ならば、わたしに熱く絡みついているお前のこの肉は錯覚か？」

「言わ…ないで……もう……挿って…こないで。抜……て」

「そう言うが、芳那の中は火傷しそうなほど熱くて、わたしを締めつけて離そうとしない」

「そんなの嘘っ……嘘だ。も…抜いてぇ」

逞しい雄にまといついた媚肉は、太い竿の形状を記憶するほどぴっちりと締めつけて離そうとしなかった。

「ほら見ろ。お前の方が……わたしをくわえ込んで離さないじゃないか。実感できないなら教えてやるよ。ほら」

ぐっと押し込まれ、その反動で引き抜かれようとした瞬間、中が猥雑に男のペニスを締めあげるのを実感させられた。

「ひ……ぃ！」

奥歯を噛みしめ、濡れきった息を吐き散らすと、すぐそばから喘ぎが聞こえて我に返る。芳那は己の周りで数人の侍従や侍女が、二人の交合を見て興奮していることに気づいた。

「ぁ、嘘だ。ぃやっ」

先ほど聞こえた喘ぎは、侍従が自慰によって達したときのうめき声だったようだ。后妃の痴態を見おろしながら衣服の布越しに己を慰めていたようで、そのまま達してしまったらしい。

そんな従者の様子を見て、シャリフは満足げに唇の端を片方だけあげて微笑に変えた。

「見ろ芳那、わたしに抱かれている后妃は妖艶で絶品だから、皆がその色香に夢中らしい」

「あ！　ぁ……見られるのは、もういや……お願い……シャリフ。人払いを、してっ」

懸命の懇願は途切れ途切れで聞き取りにくく、ただ王子を興奮させる材料にしかならない。

「お前は王子の后妃なのだから、見られて困ることはない。見せつけてやればいいんだ」

シャリフはようやく本気で抽送を始め、弾むように強弱をつけて腰を揺さぶり始めた。

「……ぁ、ぅあ。はっ……ぁぁん」

「く……可愛い…声だ。芳那……」

浅い箇所では濡れた襞を捲りあげるように引き、油断して奥がゆるんだ瞬間を逃さず、一番奥まで肉を分けて押し入った。

「ぁ――――！　ぁ、あぁ……ん」

そのまま、自らの飢えを満たすためだけに何度も腰を振って荒々しく抽送する。

逃げる身体を許さずに捕まえ、今度はいやらしく腰をまわすことで敏感になった肉襞をあらゆる角度かで刮ぎ倒した。

「んぁあっ……中、ぁ、ぁ、もぅ……だめ……ぁうん」

感じすぎて背が反り返ったとたんに捧げられた胸の尖りに、男は誘われるようにむしゃぶりつく。

「ぁふ……っ。ぅ、そこ……も、や。や…お願っ………いた…ぃ」

「嘘をつくなと言っている。わたしがここを舐めると、お前の中が窄まって具合がいい」

ふふっ…と勝ち誇った笑みが鮮やかで、芳那は男の顔を視界から閉めだすようにまぶたを固く閉じ合わせる。

そのとたん、涙袋の上にたまっていたしずくが形になってぽろりと頬をすべり落ちた。

また、別の従者の熱いうめきが聞こえる。

「シャリフ……お願い。お願いだから、もう人払いを…して。見られるのは、勘弁して…」

度を超した恥辱にさらされ、逞しい背中にすがりつく指先が肌を引っ掻くわずかな痛みに王子は眉をひそめた。

だがこの先、芳那は視姦されることで興奮を覚える己の性癖を思い知らされていく。

「いいか芳那、お前のすべてはわたしのものだ。この腕の中でわたしとのセックスに溺れて可愛く喘ぐ様を皆に見せつけてやれ。そして、お前がわたしのものだということをこの身体で自覚するがいい。これから先、わたしの求めを拒むことは二度と許さない」

傲慢な命令はその身分ゆえなのだと頭では理解しているが、元来の気の強さから容易には受け入れられず、首を横に振ってしまう。

パサパサと髪が散って汗のしずくが飛ぶ。

「では芳那、お前はいったい誰のものなんだ？」

シャリフは貫いたままの芳那の腰を、もう一度抱え直して足を押し開き、自分が好き勝手に動きやすいような体勢を整える。

「あ！　ぁぅ……あんっ」

今度こそ、本格的に動くつもりだった。

「……俺…は、誰の………ものでも、ない。俺の、も…のだ……から、ぁ、くっ」

ぎりぎりまで抜きだした赤黒く巨大な怒張が、次の瞬間には小さな秘腔に強烈に打ち込まれて見えなくなる。

「ひぁ………ぁん！」

ぱんぱんという断続的な破裂音に、やがて甲高く甘やかな喘ぎが乱れ混じった。

何度も何度も繰り返される激しい抽送に、高く抱えあげられた細い足のつま先がきゅっと折り込まれて、視覚的にも芳那の感じている壮絶な快感が周囲には簡単に知れてしまう。

こんな目にあっても、芳那は男としてのプライドを、どうしても捨てきれなかった。

「芳那……もっと、素直になれば、っ……なにもかも、与えてやる……だから、もっとわたしを頼れ……欲しがれ！　芳那……！」

シャリフが自分を物のように支配しようとしているようで不快だったが、こんな麗しい美丈夫に情熱的に求められることを嬉しいと感じてしまう自分に歯噛みする。

熱い愛撫にまみれ、もう触られていない箇所などないほど肌の隅々まで舐めまわされた。

尖りきった乳首は、何度も喰《は》まれてじんじん痺れ、濡れそぼって尖っている。

腰の動きはそのままに、シャリフは腰を折り込んで、愉しげに乳首をべろりと音をたてて舐めあげた。

「ぁ――――！　……はぁ！　………ん、ぅ…や、舐めたら……や。そこ、も……感じすぎる…か、ら」

すぎた喜悦に身体が内と外からほぐれて蕩けていき、交合している秘所から二人が融合して一つになっていく錯覚。

「っ……嘘をつくなと、何度言ったらわかる？　お前はここを……舐められるのが、好きなくせに」

「やっ……嘘、す、好きじゃなっ……ぁぁん」

感じ入って背骨が軋《きし》むほど身をくねらせると、後腔の奥で凶暴に怒張した雄がさらに質量を増して肉襞に限界に近い圧がかかる。

「ぁ――だめ、だめっ。そんな、大きい……のは、だめ……や…ぁぁ、抜…て、抜…」

「可愛いことを……わたしの……芳那。お前は、わたしの…ものだ」

破壊的な大きさに猛った竿の質感に震えあがった妻が、何度も抜いてくれと懇願するが、芳那の中はそれに反し、奥へ奥へと誘い込むようないやらしい蠕動《ぜんどう》運動を起こす。

「もぅ……やっ！　ぁ、おかし…くなる……から、お願い……助け…て。イ…かせて」

自覚もしていないのに蠢く媚肉に自分自身が一番驚愕し、恥じ入るように涙を散らす。

「く……きつ……仕方の、ない奴だ。だが、わたしもそろそろ、限界だからな…いくぞ」

シャリフはほっそりとした足を肩に担ぎ、尾てい骨が敷布から浮きあがるほど芳那の尻を引きつけると、一番奥までゆるく押し込んでは返し、今度は抉るように強く腰を突きだす。

「ひ！　ぃぁ………ぁ」

これほどまでに深い結合は初めてだった。

今まで触れられたこともないほど深い未知の場所の肉襞が、硬い竿の先端によって暴かれる、法外な喜悦が背骨を伝って駆けあがって喉から悲鳴になってほとばしる。

「ぁぁぁぁ――っ！」

シャリフは感じやすい前立腺だけに狙いを定めると、張ったエラでそこばかりをこすって、さらに先端で奥を突き倒すのを交互に繰り返す。

「いい声だ。芳那……もっと皆にお前の可愛い声を聞かせてやれ」

「いや………ぁぁ、だめ、だめっ………深い……奥が、奥……っ、ぁんん」

「くっ………！　奥、が……どう、した？」

「ぁ……熱い……そこも……ぁぁ、だめ……気持ち……ぃ」

恥辱にまみれた肉体は男に限界まで拓かれて好き勝手に扱われ、やがて爛れて堕ちていく。

「ふふ。とうとう…言ったな……芳那。どこ…が、気持ちいい？」

満足そうな男の笑みは、酩酊《めいてい》したような芳那にはもう見えていない。

「ぁ。あぅん………はぁぁ。ぃぃ……そこ、そこ。突いて」

「ここか？　ここが…好きか？」

「ん。好き…好き……そこ、すき！」

「お前のイイところは、ここだな？　どうだ？」

「ぁ！　ぁん……そこ、そこ…　いい、気持ちぃ、ぃ……もっと、こすって……」

「あぁ、何度でも…やってやる」

芳那は唇を半開きにして喘ぎと唾液をこぼし、そして二人の腹の間でこすられ続けている雄の鈴口からは、蜜のように粘つく先走りがポタポタと絶え間なく垂れ続けている。

「ぁ……だめ……怖い……おかしく、なる……ぁぁ。シャリフ…ぃぃ。気持ち、ぃ……」

どれだけの愉悦を妻が感じているのかが視覚的にも明白で、それは王子を幸福にさせた。

シャリフは蠢くような締めつけに身を焼きながら、終わることを恐れて延々動き続ける。

二人はこれまで感じたことのない絶頂に登りつめていき、やがて目の前が白い閃光《せんこう》に包まれた。

愉悦にまみれる内襞がぎゅっと窄まって竿をきつく締めあげた瞬間、シャリフの低いうめきが芳那の鼓膜を震わせた。

「く……っ！」

何度もこすられて敏感になった前立腺の上に、びしゃっと音がするほど生暖かい精子を大量に浴びせかけられる。

「ぁ……ぁ、ぁぁ、ぁぁぁ……熱い、中が……熱い……！」

少し遅れて、さっきの射精よりやや粘度の低くなった体液が、芳那の茎の先から自らの腹に向けて吹きだした。

「や！　ぁ、ぁ、ぁ！」

涙やよだれで濡れた后妃の恍惚とした顔は想像を絶するほど卑わいなのに、不思議なほど上品さは損なわれていない。

「芳那……可愛い芳那。お前は、わたしの、ものだ。芳那……芳那」

ビクビクと射精の余韻に引きつる痩身を、シャリフは大事そうに胸の中に閉じ込めてきつく掻き抱いた。

激しい交合にさらされ、身も世もなく乱されたあと、自分で立てなくなった芳那はスパでシャリフ自身の優しい手によって、肌の表面もうずく奥も、そのすべてを清められた。

もちろん王子自らがそんな真似をするのを見るのは初めてで、従者たちは驚きと微笑ましさの入り交じった目で二人を見守っている。

そのあとは純白のリネンにくるまれ、逞しい腕に軽々と抱えられて寝所へと運ばれた。

廊下を歩くと多くの従者にすれ違ったが、誰の目にも夫婦の間になにがあったのかは一目瞭然《りょうぜん》で、皆が一様に微笑ましい目で王子夫妻を見送っていた。

ただその間、芳那だけは、まだ惚《ほう》けた思考の隅で考え事をしていた。

――なぜ、シャリフは、まだ自分を抱くのだろう？

その意味を熟考することは結局自分を追い込むと知っていたから、今まで目を背けてきた。

そしてまた、芳那自身が強い拒絶もせずに彼に抱かれる理由は？

シャリフに強要されているからと言い訳をしているが、自分に嘘がつけないことは承知。

「芳那、今夜はお前の褥で一緒に眠ってもいいか？」

そう問われたのは、すでに寝所の扉前だった。

「…………どうして、訊くの？」

先ほどは従者たちの前でさんざん好き勝手に抱いたくせに、今さらの問いだった。

「前にも言っただろう。わたしは、お前に許可して欲しい」

「…………シャリフは、いっつも狡《ずる》い……」

頬をふくらませてなじるが、それでも王子に逆らうことなどできなかった。

「うん。いいよ。ここで一緒に……寝てもいい」

観念したように許可を示すと、シャリフはこれ以上ないほど幸福な表情を浮かべてみせた。

その笑顔に胸がきゅんと締めつけられ、また腰がうずいて重くなるのが怖くて長く息を吐く。

「でも、もう……しないで」

妻からの懇願に、ふっと見せる、これ以上ないほど優しい夫の笑みが眩しかった。

「それは残念だ。でも、わかった。今宵は、お前の隣でおとなしく眠るだけにするよ」

「それから、セックスの前に、他の……侍従や侍女たちに触らせるのは……もう、やめて」

これだけはどうしても慣れなかった。

「あぁ、わかってる。実はわたしも同じことを考えていた。もう誰にもお前を触らせたくはない。だからこれからはなにもかも全部、わたしが芳那にやってやる。それでいいな？」

「……………うん。ありがとう……ごめんなさい」

芳那はようやく安堵したように微笑んだ。

「これから先、芳那に触っていいのはわたしだけだ。覚えておけよ。もし誰かにこの肌を触らせたりしたら……いいな」

シャリフに、あれほど情熱的に愛されることは怖くて苦しくて、でも、とても幸せな気持ちになれる。

「もう、芳那のすべては……わたしだけのものだ」

「……うん」

正直これまでの人生は、芳那にとって決して幸福とはいえず、寂しい時間をすごすことも多かった。

特に母子家庭で育つ子供の幼少期なんていうのは孤独そのもので、だからなのか他人の温もりがそばにあることに簡単に至福を感じてしまうのかもしれない。

それにしても、男を知ってまだ浅い芳那の肉体は、素直に身体を拓くことで得も言われぬ快感を得られることを身をもって教えられた。

激しいセックスで身体は疲れきっていたのに、優しく抱きしめられると胸の中が温かく日だまりのような優しさに満ちていく。

芳那は今夜、初めてシャリフと一つになれたような気がしていた。

身体だけでなく、心もすべて……。

窓辺のカーテンが揺れて、芳那が夜の空に目を馳せると、丸い月が輝いていた。

「シャリフ……」

「どうした？」

「ん……なんでも…ない」

「ふふ……可愛い芳那。わたしの……ものだ」

そのとき、芳那はまだ気づかなかった。

王子の瞳の中に、危険なまでの独占欲の灯火が見え隠れしていることに。

シャリフの中に刺さったままの小さな棘。

それは、芳那のボディーガードであるナディールに対する疑惑だった。

嫉妬と独占欲の存在が、徐々に彼の中で増していく……。

「おやすみなさい……シャリフ」

「あぁ、おやすみ芳那……」

蜂蜜《はちみつ》の色をした満月さえ蕩けだすような、そんな甘い夜に二人は互いの温もりを分け合って目を閉じる。

眠ってしまったあとも、決して離れないように指をきつく絡ませたままで。


その夜、スパで王子と后妃に仕えて二人の情交をそばで見た侍従や侍女の口から、王子がどれほど后妃を愛しているのかが多くの者に語られ、それはすぐ宮廷内にも広がっていった。ため息とともに熱く伝えられる二人の甘美な情事を想像して、話を聞いた誰もが甘い想像を掻き立てられ、欲をあおられたことは言うまでもなかった。

だがそんな中、顧問弁護士のザーヒルだけは王子の最近の態度をよしとしていなかった。次期国王となるシャリフが必要以上に偽装結婚の相手にのめり込めば、契約期限が切れたあとに面倒なことになると懸念しているからだった。


その日、王都の北側に広がる砂漠地域で発見された油田視察の帰りのリムジン内で、ザーヒルは遠慮がちに王子に話を切りだした。

「シャリフ様」

「なんだ?」

時間を惜しむかのように書類に目を通しているシャリフが顔をあげる。

「単刀直入に申し上げますが、あまり、芳那様に傾倒されませんように」

ぴくりとシャリフの片眉が跳ねる。

「………そんなふうに、見えるか?」

返事は疑問の形だったが、まるで自ら肯定しているようなイントネーションだった。

「はい」

「実は少し混乱している。正直、今のわたしは周囲にどんなふうに見えている？」

これは必要な助言だと確信しているザーヒルは、歯に衣着せぬ物言いでトドメを刺す。

「シャリフ様が、芳那様を心の底から愛していらっしゃるように見えます。もう一度うかがいますが、これが偽装結婚だということを忘れてはいませんね？」

「わかっている……」

当たらずと雖《いえど》も遠からず……と言った心情のシャリフは、苦虫を噛みつぶしたような渋面をさらした。

ザーヒルは顧問弁護士として、次期国王には世継ぎを産める若い健康的な女性を娶って欲しいと望んでいる。

あわよくば、なにかしら利害の一致する相手なら、申し分ない。

たとえば、米国の政財界に口ききができるような権力者の血縁者など。

だから、なんとかしなければと考えていたが。

それでも、最近はシャリフも海外での交渉や商談がさらに増え、マハール王国にいることの方が少なくなってきている。

そういう状況が、二人の気持ちにも距離を空けてくれることを期待することにした。

【6】


その後、またしばらく海外へと出張に出ていたシャリフだったが、十日ぶりに帰国したあと、いつものごとく宮廷に戻るより先に診療所を訪れた。

そこで王子が最初に目にしたのは、きびきびと診察にいそしむ芳那の姿だった。

その日は朝から初診が多く、スタッフ全員が忙しくしている中、SPを連れて診察室に入ってきたシャリフに芳那もすぐ気づいたが、多忙で声をかける暇もない。

芳那の隣ではすっかり息の合った様子で治療の補佐をする、ボディーガードのナディールの姿もある。

ふと、まるで敵視するような鋭い視線を感じた芳那は、もう一度シャリフに視線を投げたが、明らかに眉間が険しくなり、いらだっている表情である方を睨んでいる。

その視線の先にいるのはナディールだったが、思えば以前、情事の最中に問われたことがあった。

シャリフは診療所の手伝いをするナディールのことを、あまりよく思っていない。

しかし彼は以前から多忙な芳那の治療の手伝いを快く行ってくれ、本当に助かっている。だが行く末は軍の司令官となるであろう彼に、看護師の真似事をさせるのは王子の意に沿わないのかもしれない。

そうこうしている間に治療に忙殺され、気がついたら王子の姿は診療所から消えていた。


久しぶりに夕食を一緒にすごしたとき、シャリフの機嫌が悪いことに芳那も気づいていたが、長い出張の疲れもあるのだろうと、あえて食後は早めにすませ離宮へと引きあげた。

だが、それが逆にシャリフを誤解させてしまうとは予測もできなかった。

夜になり、翡翠の館の妻の居室を不意に王子が訪れたとき、室内にはナディールがいた。

ノックもせずに入ったせいで、二人は王子の来訪に気づかずにソファーで身を寄せ合っていたが、物音で振り返ってシャリフの姿を目視し、跳ねるほどに飛びのいた。

ナディールはすぐに芳那から離れて床に片膝をついて敬意を示す。

だが今の二人のあわてた様子は、まるで浮ついたことをしていた現場に踏み込まれたばつの悪さを繕うようにシャリフには見えた。

「そんなに密着して、わたしに隠れて二人でなにをしていた？」

しかも角度的に、二人が頬を寄せ合ってキスでもしているようにも見えたため、自然と問いつめる声が鋭くなる。

「なにって…シャリフ。俺はただ、ナディールに医療器具の使い方を説明していただけだ」

芳那は嘘など一切ついていないが、シャリフの表情は険悪そのもので……。

「芳那。お前は長い出張から帰国した夫に対し、どうしてそれほど冷たい？　わたしのいない間に二人になにがあって、そんな親密になったんだ？　だが……確かにナディールが恋人なら、わたしと違っていつでもそばにいてくれるからな」

「なっ……なに？　それ、いったいなんの話だよ！」

突然、理不尽きわまりない疑惑をかけられて、芳那は戸惑いと怒りを覚える。

「とぼけるな！」

普段は穏やかな王子だったが、最近は時々こんなふうに感情を爆発させるときがある。

今のシャリフは嫉妬をあらわにし、そのあまりの不機嫌な様子に芳那は身をすくませる。

「ナディール、お前はわたしの妻の部屋でなにをしている？　お前の役目は后妃が外出するときに限っての警護だったはずだが？」

王子の質問に答えようとするナディールの代わりに、芳那が答えた。

「違うんだシャリフ。最近、診療所が本当に忙しいから、ナディールには治療のサポートを頼んでいる。今は本当に医療器具の使い方を教えていただけだ。そうだよな、ナディール」

視線を交わす二人の姿さえ腹立たしいのか、シャリフはますます表情をこわばらせていく。

「芳那！　いいか。わたし以外の男に、そんなふうに色目を使って誘うな」

「なっ……！」

聞き捨てならないその発言はあまりに横暴で偏見に満ちていて、唖然としてしまう。

これまでの紳士的で思慮深い彼の言葉とは到底思えない。

のちに考えると、このとき、シャリフは芳那に対して今までにない激しい独占欲と支配欲を芽生えさせたように見えた。

芳那は目の前の大人げないシャリフの姿に、これまで自分を大事にしてくれた彼の優しさのすべてが霞《かす》んでいく気がする。

「ナディールと俺に、なにかあるはずがないだろう！　そんなのシャリフだってわかってるはずだ」

それでも王子は、妻のボディーガードへの偏見に満ちた怒りが治まらない。

「いつも芳那のそばにいれば、間違いだって起こるさ。いいから正直に話してみろ」

「なに馬鹿なことを言ってるんだよ！　シャリフは、ナディールを信じて俺の警護につかせたんじゃないのか？」

「正直に本当のことを答えろ。今、二人でなにをしていた？」

まだ疑いから覚めないシャリフに埒があかず、芳那はとうとう声を荒らげた。

「だからっ、治療器具の使い方の説明していたんだ！　ここを見たらわかるだろう」

芳那の言うとおり、テーブルの上には吸引の器具、湿布薬、塗り薬などが置かれていた。

ようやく少しだけ王子の表情がゆるんだが、それでもまだ怒気をまとったままだった。

芳那はそんな夫の不遜《ふそん》な態度に、これまで感じたことのない拒絶反応を覚えてしまう。

ケンカがしたいわけではないから、一転して声色だけは冷静に問いかけた。

「なぁシャリフ。シャリフは俺を支配したい？　俺の身体だけじゃなく、心や行動まで思いのままに独占して操りたいのか？」

その指摘にも、シャリフは居直った顔で言い返す。

「あぁ、そうだ。いつまで待っても、芳那は心までわたしに傾倒し、頼ろうとはしてくれない。なぜだ？　お前はわたしの妻だろう？　なぜもっと素直にならない？　すべてをわたしに委ねて支配されれば、欲しいものはなんでも与えてやれるのに。お前はまだ、心のどこかでわたしを拒絶している」

胸を衝《つ》かれる思いがした。どうやら彼には、芳那の本心を見抜かれているようだ。

シャリフを信頼しているし尊敬もしているが、すべてを委ねるつもりなんか毛頭ない。

そんな、依存して護られるだけの人間には絶対なりたくなかったし、いずれ期限が来たら別れてしまう相手に深入りして、最後に泣きたくはないからだ。

これは最近になって覚えたばかりの、無意識の防衛本能。

「それに、欲しいものは誰かから与えられるものの中にはない。俺の望みは早く自由になって日本へ帰って仕事に復帰すること。それだけだ」

売り言葉に買い言葉といった勢いで放ってしまった言葉に芳那は少し後悔したが、シャリフはもっと苦い双眸で睨めつけてくる。

「日本に……帰りたい、だと？　残念だが、お前は期限が来るまでわたしのものだ。わたしに従順に従い、いつでもその身を差しだす覚悟でいろ。そしてわたしに逆らうな。来い！　ナディール、お前もだ」

これまで、互いのことを尊重し、理解し合えていると思っていたのに、こんなふうにシャリフとすれ違うことは呆気ないほど容易なのだと思い知った。

天蓋から垂れる幕を払いのけたシャリフは褥に妻を突き飛ばし、乱暴に腰帯をほどいて両手を後ろで縛りあげた。

「ぁ！　な…に？　いやだシャリフ！　こんなこと、どうして！」

驚愕して訴える芳那の言葉にシャリフは一切取り合わず、命令に従って寝所に入ってきたボディーガードに究極の選択肢を突きつける。

「ナディール、いいか、一度しか訊かない。正直に答えろ。お前はわたしの后妃にキスをしたいか？」

耳を疑うような王子の問いかけを聞いて、芳那は即座に青ざめた。

「お前が望むなら、一度だけ許してやる。だがそれを選んだ場合、お前を妻の警護から外す。それでいいなら一度だけ……芳那にキスをする許可をやる。それでも、したいか？」

シャリフは寝台の脇に呆然と立ちつくしているナディールに、甘い誘惑をかける。

これは上手いやり方だった。

ナディールが芳那に少しでも懸想しているのなら、生真面目で正直なこの男が嘘などつけないと推察しての謀《はかりごと》だ。

そして、シャリフにとらえられたままの芳那は信じて疑わなかった。

ナディールは絶対に断るだろうと。だが……。

「はい、シャリフ様。一度でかまいません。私は……后妃様の唇が………欲しい」

彼がゆっくりと吐きだす本音を聞いて、愕然とした。

「う…そだ。そんなの………信じ…られ、ない」

絶対に信じたくない。そんなこと。

「わかった。ではナディール、わたしの妻に、一度だけキスをすることを許可してやる」

「嘘だ！　ナディール……そんなの嘘だよな？　ナディール！」

今まで誠実で忠順だったボディーガードの言葉が、到底信じられない。

「芳那様……どうぞ、私を軽蔑《けいべつ》してください」

両手を背後で縛られた芳那が横たわる褥に、ナディールは少し緊張した顔で乗りあげた。

「シャリフ。やめさせて！　お願いだから……こんなのいやだ！　絶対にいやだ」

王子は寝台の端に黙って腰をかけ、上半身をねじるようにして、逞しいナディールに組み敷かれていく妻の姿を斜め上から見おろしている。

「芳那様……」

ほっそりとした白い身体が、強靭な筋肉をまとった体軀に覆いつくされる。

ナディールは両手で小さな顔を挟むように固定してから、ゆっくりと唇を落としていく。

「うん！　っ……ぅ、ふぁ」

顔を背けようとしても、力強い掌に頬を挟まれていては逃げようがなかった。

ナディールは紅くふっくらとした唇に舌を這わせて表面の甘さを味わったあと、ちゅっと音がするほど下唇を吸いあげた。

「ぅん……はぁ。や…め……んぁ」

芳那が抗議の言葉を吐くのを待ち構えていたのか、その瞬間に舌が差し込まれ、熱くなった頰の内側の肉や歯列の裏側を執拗に舐めまわされる。

「芳那様、もう少し、口を開いてください。そして私を、どうかもっと奥まで入らせて…」

口を閉じようとしたが、さすがは軍人だけあって顎《がく》関節を的確につかまれ、閉じられないようにされたばかりか、さらに顎に指をかけて引き下ろされる。

「やっ……ぁう」

無理やり開かされた唇は閉じることも叶わず、もう芳那には為す術がなくなった。深く潜り込んできた舌の侵略を防ぐようにナディールを舌で押し返そうとすると、逆に待ち伏せていたかのように絡めて引っぱりだされ、舌全体を強く吸われてしまい……。

「ぅん……んん」

徐々に腰が重くなっていくのが怖かった。

覚えのある熱が芽生えたことに恐れをなした芳那の舌が逃げまどうと、ナディールは深追いせず、今度は濡れた薄い唇の端についばむ優しいキスを何度も繰り返す。

芳那が少しだけ安堵したように息をつくと、隙をつくように再び唇を覆われ、喉に届くほど深くまで舌を差し込まれて舌の裏側の奥を抉るようにくすぐられた。

「ふぁ！　……ぁ、ん……はぁ」

ぴちゃぴちゃという艶《なまめ》かしい音に思考が麻痺《まひ》するほど、ナディールはキスが上手い。

芳那は次第に、自分が誰に口づけられているのかわからなくなってくる。

なぜなら、まぶたを薄く開いた瞳には、斜め上から自分を見おろす王子の姿があったからだ。

「あ、やめっ……そこ、や、ぁ！」

胸元にちくっとしたうずきを感じて息を飲んだ芳那だが、ナディールの節の高い指が薄い

夜着の上から胸をまさぐっている。

やがて目的のものを見つけると、すでに布を押しあげている突起の輪郭を、服の上から確かめるようにぞろっと撫であげた。

「ぁん！　………や、や……」

芳那を切なく鳴かせるほど的確に突起をいじくられて、呆気なく瞳に水分が満ちてしまう。

「ぁ、ぁ……ナディール……ナディール」

涙をたたえた瞳でまばたきをすると、両の目尻から丸い涙の粒が頰をすべり落ちていく。

やがてしつこい愛撫に応え始めた両方の乳首が、硬く凝ってその位置を主張し始めた。

「芳那、様……」

ナディールが布を押しあげる尖りに唇を寄せたとき、唐突に彼の喉元に刃《やいば》が突きつけられる。

「っ……！」

いつの間に動いたのか、シャリフが寝台の脇に立って懐刀の先をナディールの喉元に向けていた。

「誰がキス以上のことを許すと言った？」

自らけしかけたのに、キスだけで息を乱す二人を見てシャリフは理不尽にも嫉妬している。

その隙に、跳ねるようにして身を起こした芳那が、必死でナディールを庇った。

「よ……よせっ！　シャリフが……けしかけたんじゃないか。やめろよ」

潤んだ瞳では今一つ説得力に欠けるが、その必死さに根負けして王子は懐刀を収めた。

もとから本気で傷つける気はなかったのだろう。

そして、寝台から降りたナディールの口からは、思いがけない本音が聞かれた。

「シャリフ様、これでわたしを軍にお戻しいただけますね？」

「……ナディール。やはりな」

「わたしがこれ以上、芳那様のおそばにいれば、シャリフ様が懸念なさるように、本当に間違いを起こしかねません。もう見抜いていらっしゃるのでしょう？」

予想もしていなかったボディーガードの吐露に芳那は衝撃を受け、そして狼狽《ろうばい》してしまう。

「ではナディール、明日付でお前をマハール国軍、陸軍将校に返す」

まるで王子にもナディールの真意がわかっていたかのような、明確な指示だった。

「今後、もし芳那に手を出すようなことがあれば、即座に叩き斬ってやるから覚えておけ」

シャリフが厳しく命じると、ナディールはその場で直立し、「御意」と発した。

「待って、待ってナディール！」

異動を命じられ、そのまま背を向けたナディールを芳那はあわてて追おうとするが、その手首をシャリフにつかまれる。

細い両の手首は、まだ芳那の背後で腰帯で拘束されたままだった。

「芳那、どこに行く？　お前は久方ぶりに帰国したこのわたしを、また独りにするつもりなのか？　芳那には、褥での妻としての務めがあるだろう。さぁ、今宵はわたしをその身で満足させてくれ」

「シャリフ！　ぁ、やっ」

不機嫌を隠しもしない夫に再び敷布の上に組み敷かれる。

「芳那、どうやらお前は男をその気にさせる天性の才があるようだな。あの堅物で知られるナディールまで骨抜きにするとは……危なかしくて、お前をもう外に出せなくなる」

「……そんな、シャリフ」

シャリフの想いも独占欲も強すぎて、芳那は戸惑いを隠せない。

「それに、お前自身に自覚がないのも危険すぎる。もっと気をつけろ。もしわたし以外の男にこの肌を触らせたなら、お前自身の命も危ないと覚悟しておけ」

人は誰かを心から愛したならば、当然嫉妬もするだろう。

でも、彼の場合は愛ゆえの嫉妬ではない……これは、ただの独占欲だ。

シャリフのことを少しずつ理解して好きになりかけていた芳那だったが、あまりに傲慢な王子を前にして急に逃げ腰になる。

それでも、国王の正妃になるのは、こういうことなのだと初めて理解した気がした。

まるで品物のように愛でられて閉じ込められ、そしてやがて王の情が薄れて見捨てられても永遠に解放されることもなく、どこかの館に閉じ込められたたまま放置される。

そんなものに、自分が耐えられるはずがなかった。

「芳那……どうした？」

服を脱がされ、丁寧に肌をなぞり始めた指先に意識が引き戻される。

「どうしたんだ？　お前は、なにを考えている？」

急に難しい顔で黙り込んだ芳那に、シャリフは不審な目をして問いかける。

「……別に、なにも。それより早く……腕を解いて。そして……お前の好きにして」

めずらしく自分からシャリフの情熱を欲しいと思った。

今はなにも考えたくなかった。

ただ、熱く激しい愛撫にさらされ、身体ごと心も全部、奪いつくして欲しい。

頭の中を空っぽにしてなにも考えず、ただ飢えた獣のようにシャリフを感じていたかった。

【7】


芳那がマハールの地を訪れて王子の伴侶となってから約半年が過ぎた。

ボディーガードだったナディールの代わりに、今は外出するときにだけ、后妃専属のＳＰが芳那に同行するようになっている。

出会った当初からしばらくは紳士的で穏やかに接してくれていたシャリフが、独占欲を隠さなくなって戸惑いはあったが、芳那は最近はそれにも妥協しながらすごしている。

そんなふうに二人の関係性に微妙な変化はあったものの、シャリフは芳那とすごす時間だけは、本当に大切にしてくれていた。

だから芳那は郷愁にひたることもなくすごせているのだと、最近は素直に感謝している。

もちろん互いに不満に思うところはあっても、それは許容の範疇《はんちゅう》だと考えられるくらいには芳那は大人だった。

変わらずに自分との時間を尊重してくれるシャリフの姿勢を見るにつけ、いつも考える。

これは偽装結婚なのだから、公の場でこそ国民たちに仲のいい夫婦を繕っても、それ以外のところでは自分のことなんか放っておけばいいのにと。

それなのに、シャリフはいまだに休日を芳那とすごしたがる。

最近では二人でショッピングに出かけることまであるし、食事は許す限り二人でとった。

もちろん夜の夫婦の関係にしても、多忙なシャリフだから頻繁ではないにしろ、少しでも時間が許せば二人は翡翠の館の寝所で何度もセックスをした。

こんなふうにそばにいて頻繁に優しく抱かれていれば、誰だって勘違いして好きのレベルが増してしまうのは仕方がない。

ただ、シャリフが優しいのは、あくまで芳那が従順であればの話で、最初の頃のようにセックスを少しでも拒む態度を見せると、とたんに機嫌を損ねてしまう。

拒絶するなんて論外で、王子が欲しがればいつでも与えることが義務になっていた。

とはいえ、シャリフはいつも本気で情熱的に芳那を求めてくれて、ともすれば蜂蜜のように甘すぎると感じる夜も少なくない。

基本的にシャリフは優しい夫だったが、芳那の行動や態度次第で、時折そのすさまじい独占欲をあらわにすることもあった。

優しくされたり乱暴にされたり、まるで飴と鞭《むち》を上手く使い分けて飼い慣らされているようで、芳那はこの頃はとにかく気が滅入《めい》る。

それでもスマートに仕事をこなし、優雅に自分をエスコートする魅惑的なシャリフに本物の伴侶のように大事にされることに喜びを見いだしている自分は、やはり好意以上に育った王子への感情を持て余してしまっていた。

こんな時、何度も思う。

もしもシャリフと違う出会い方をしていたら、普通に惹かれ合って互いを心から愛せたのかもしれないと。


その日も夜になって、美味しいワインをもらったからと、シャリフは翡翠の館の后妃の居室を訪れた。

最近はセックスの頻度が高くなって、翌日に疲れを残すほど熱烈に愛されることも少なくないので困る。

特にシャリフが出張から帰国した夜は、次の日を寝所ですごさなければならないほどだ。

そして今夜も居室のソファーでワインを嗜《たしな》んでいるうちに、肩を抱かれて唇をふさがれた。

二人にとってキスはセックスの始まりの合図だったが、芳那はどうしても苦手だった。

無意に身体を繋げるのはまだいい。でも、キスはしないで欲しい。

平気な顔を装っていても、キスをすれば好きも愛しいも勝手にあふれだしてしまうから。

そんなふうに、むつまじい夫婦を上手く演出している二人の間には、当然だが愛の告白は一切なかった。

「芳那……お前は可愛い」

妻がキスに溺れる頃合いを見計らうのが上手いシャリフは、わざと唇を引いて芳那が追ってくるのを認めて満足すると、熱の籠った身体を寝所に運ぼうと背中に手を差し入れた。

そのときだった。

扉をノックする音がして、顧問弁護士のザーヒルが国際電話が入ったと部屋を訪れた。

国家レベルの要人からの電話は、まず先に弁護士が取り次ぐことになっている。

「誰からだ？」

相手が海外からだと時差もあってか、こんなふうに遅い時間にかかってくることもめずらしくなかった。

「ザルダールの大使からです。明後日《あさって》が契約の自動更新日になっていますが、それに際して原油取引価格の引き下げを要求されています。いかがいたしましょう？」

ザルダールは近年、技術革新で輸出を伸ばしているオセアニアの小規模な島国で、技術国家という独自の道を歩んでいる後進国。

鉱物資源が乏しい分、石油を輸入して産業製品に加工して輸出することで成長している。

最近では基板や電子部品などの分野でも頭角を現している国家だ。

「では、レアアースの輸出量を増やすことを条件に加えてみてくれ。原油の取引価格は一切下げない」

サルダールの土地は貧土で、昨今のレアアース争奪戦に恐々としているはずだという相手国の弱みを把握したシャリフの策略だった。

目の前で、淡々とした表情で厳しい指示をするシャリフを見て、芳那はまるで彼が別人のように感じた。

こんなふうに実際、仕事をする顔を見たのは初めてに近く、新鮮に思える。

「わかりました。では、そのようにお伝えします」

「あぁ、いや…いい。やはり、わたしが直接話をしよう」

「書斎に戻られますか？」

「ここでかまわない。すぐに終わらせるよ。あまり長く、わたしの大切な時間の邪魔はされたくないからな。代わってくれ」

ザーヒルが携帯を手渡すと、シャリフは大使と直接、交渉を始めた。

その背中をぼんやり見つめる芳那を、ザーヒルは興味深げに観察している。

ふと、芳那は思いつきのように顧問弁護士に訊いた。

「なぁザーヒル、シャリフのことだけど、どうして、いつも俺に構ってくれるんだろう？」

もちろん正しい答えが欲しかったわけではないが、それに対するザーヒルの返答は、少なからず芳那を落胆させるものだった。

「理由なんて簡単ですよ。これが偽装結婚だということが国民や宰相、元老たちにばれたら元も子もありませんからね。むつまじい夫婦を演出して王位継承権を取り戻すには、まず偽装花嫁をその気にさせることが最善だとご存知だからでしょう。まぁ、あくまで推測ですが」

「そう……だよ、な」

そこまでは予想の範疇の答えだった。

「ただ、確かにシャリフ様が演出以上に芳那様に傾倒されているのは否めません。まぁ、あの方は幼少の頃から芳那様のお母様、百合子様の写真をアジャフ王の書斎でよく眺めておいででしたからね。あなたが百合子様に似ているから気になるのかもしれません」

「……母、の？」

「ええ、先のアジャフ王は別れてからも、百合子様をずっと想っておいででした」

今まで忘れかけていたが、ラーミゥが日本の動物病院に入院していたとき、たしかにシャリフが言っていた。

父は、一番愛した人と添い遂げられなかったと。

アジャフ王と母の関係は、若気のいたりとも言えるような感情だったと、芳那はずっと予想していた。

アジャフ王はその後、正妃であったシャリフの母と婚姻を結び、愛し合っていたのではなかったのか？

ザーヒルの言葉が本当なら、芳那の母、百合子の存在が、少なからず正妃を苦しめていたのかもしれない。

「芳那様、いいですか。あなたの母、百合子様と二代にわたって、国王を破滅に追い込むような真似は絶対になさらないでください」

「……」

芳那は改めて聞かされた真実を受け止めきれなくて、うなだれてしまう。

国王を破滅に追い込むという言葉が、本当に重くのしかかった。

「もしかして芳那様、まさか……シャリフ様を本気で愛されているわけではありませんよね？」

「まさか、そんなはず、ない……！」

そう思いたい。

「これは失礼いたしました。でも、もし仮にシャリフ様がなにかの気の迷いであなたに求愛されたとしても、芳那様は絶対に応えたりしないでください。シャリフ様には以前、婚約者もいらっしゃいましたが、ご存じのとおり、今の状況となったので」

それこそ初耳だった。シャリフに婚約者がいたなんて。

だがシャリフは一国の王子なのだから、不思議なことではないのだろう。

「あの……シャリフの婚約者の方は、どんな……人だったんだ？」

訊かない方がいいことは充分承知しているのに……どうしても気になった。

「ええ、本当に美しく気品のある、非の打ち所のない方でした。芳那様、よく覚えておいてください。この国の未来、王子の輝ける将来において、お世継ぎの産めない芳那様は后妃として到底相応《ふさわ》しくないのだということ。それだけは肝に銘じておいてくださいね」

「……そんなこと、知ってる」

改めて言われるまでもない道理で、念を押された。

でも、それくらいでなぜ、今これほどまで心が痛むのだろう？

きっと自分は、偽装花嫁という立場にあることを全部わかっていると高をくくっていたが、実際はまだどこかで夢を見ていたのかもしれない。

自分はシャリフに、本当に愛されているのかもしれないと。

シャリフのそばに、このまま永遠にいられるかもしれないと。

そして新たに知らされた事実が、芳那の胸に深く爪を立てて傷を作っていく。

痛烈な痛みが、芳那から本来の強さとしなやかさを奪っていく。

最初からわかっていた。二人の立場が違いすぎることなんて。

それなのに、甘い妄想を抱くなんて馬鹿げたことだったと、芳那はようやく夢から覚めた気がした。

交渉の電話が終わり、シャリフがザーヒルに細かな指示を出したあと、弁護士は退室した。

再び二人になってから、とんだ邪魔が入ったと小言を言うシャリフに、先ほどの色めいた流れのまま抱きあげられて褥に運ばれたが、すでに芳那の心は冷えていた。

優しい仕種で純白の敷布に横たえられるが、上手く気持ちをコントロールできない芳那は一転、人が変わったように抵抗を始める。

「今日は、したくない。だからやめて……シャリフ」

ここしばらく、抱かれるときは本気で拒むことなどなかったが、どうしても無理だった。

そんな妻の突然の拒絶に、シャリフの矜持は盛大に傷つき、とたんに機嫌が悪くなる。

「芳那、急にどうしたんだ？　お前はわたしのものだと言っただろう。夫のわたしが褥で妻を抱いてなにが悪い？　お前に逆らう権利はない。忘れたのか？」

強引にことを進めようとする荒々しいシャリフに力でかなうはずもなく、芳那は抵抗するのをあきらめて静かに泣きだしてしまった。

初めてザーヒルから明かされた真実を受け止めることは、容易ではなかった。

そしてシャリフはそんな妻の急変が理解できず、なにかあったのかと何度も問いつめたが芳那は頑なに首を振って口を閉ざし続けた。

「わかった。もういい！　だったら……お前の好きにしろ」

涙の理由もわからず、そのことに触れさせてもくれない妻の態度にいらだち、シャリフは疑問を大いにまとったまま寝所から出ていってしまった。

芳那は深く傷ついて思い知った。どれほど自分がシャリフを想っていたのかを……。


あれから一週間。

ザーヒルから知らされた真実は、思いの外、芳那の心の深くまで杭《くい》を打ち込んでいた。

王子が芳那に優しい態度をとるのは、すべて偽装結婚を周囲に気取られない手段でしかないと指摘されたばかりか、シャリフには以前、美しい婚約者までいたことを告げられて……。

芳那はもうずっと凍てついた心のまま、頑なな態度をとっている。

そのせいもあって、今朝《けさ》のシャリフは誰の目にもいらだって荒れた様子だった。

王子の様子を見て芳那は予想した。

きっとシャリフは今まで、恋や愛で悩んだりすることなどなかったのだろう。

次期国王という地位にあり、眉目秀麗で、見惚《みと》れるほど見事な体軀の王子……。

今までどんな女性でも男性でも、王子に求められて靡かない者などいなかったと話には聞いていた。

だからこそ常に自信に満ちている彼は、おそらく失恋などしたことがなくて、芳那が急に彼を拒み始めたことなど解せないし許せないのかもしれない。

ふさがらない傷を持て余す妻が夫を避け続けて七日目の夜、とうとう怒り心頭に発したシャリフが突然、翡翠の館の后妃の居室に押し入ってきた。

「シャリフ？　え？　なに……どうしたんだよ！」

飢えた気配をまとって無言のまま近づいてきた王子に、机で診療日誌を記していた芳那はおもむろに抱えあげられ、そのまま寝所に運ばれて敷布の上に投げられる。

混乱したまま、重くのしかかられて息が詰まった。

芳那は怯《おび》えが色濃くにじむ瞳で暴君と化した夫を見あげたが、抱かれる前にどうしても知りたいことがあって必死で問うた。

「シャリフ。待って！　なぁシャリフ、聞かせて。どうして……まだ俺を抱く？　俺はちゃんと公務ではお前の良妻を演じているじゃないか。なにが不満なんだよ！　もし性欲処理がしたいだけなら、面倒な男なんか相手にせずにハレムの女を好きなだけ抱けばいいじゃないか」

「うるさい。わたしを誰だと思っている？　このわたしに意見など許さない」

これまで頻繁に感じることはなかったが、紳士的に見えていても本質の彼はやはり王子なのだと思い知った。

常識人で優しい仮面をはがせば、その下の素顔は支配欲の強い絶対的権力者。

でも、おそらくそれで正解なのだろう。

彼は次期国王になる人物なのだから、間違ってはいない。

むしろ、それくらい強い統率力で国を導くことが国王には求められるのだろうから。

わかっている。わかっていた。

でも、今の芳那の精神状態は最悪で、理由は違えどそれはお互い様だったのだろう。

唇を切れるほど噛みしめて、シャリフを睨みつける。

「よく覚えておけ。お前はただ、夫が望むときに足を開いて、わたしを満足させればそれでいい」

ずいぶんな言われ方に、持ち前の気の強さが勝ってしまう。

芳那はかっと頭に血がのぼるままに、王子の頬を平手で打っていた。

パンという乾いた音が寝所に響き渡る。

「俺はものじゃない！　ちゃんと意志を持った人間なんだ。シャリフとどこが違うって言うんだ？　同じだろう？　俺はお前との偽装結婚を承諾したけれど、それは借金返済のためだ。お前のものになったわけじゃないし、妻の役割なら公務でちゃんと果たしている」

言葉は、どんなものでも唇を離れた瞬間に魂を持つ。

それはときに甘い睦言にもなるし、逆に凶器にもなりうる危険を孕んでいる。

芳那の言うことが正論だということは、シャリフにもわかっていたが……。

妻に頬を打たれたことで、王子は予想以上に衝撃を受けたらしく、一瞬にして目の色が変わった。

「……芳那、国王となるこのわたしの頬を打つなどいい度胸だな。高い契約金をわたしに払わせることへの代償がどういうことなのか、この身体に思い知らせてやるよ」

敷布に仰向けに横たわる芳那の下腹の上に馬乗りになったシャリフは、やわらかな夜着の胸元をつかんで一気に左右に開く。

「ぁっ！　シャリフ！」

呆気なくはぎ取られていく夜着は、おそらく二度と袖を通すこともできないとわかるほど無惨な状態だった。

シャリフが少しの手加減もできないほど、芳那の抵抗は本気だったということだ。

そうなると、本来は愛情を交歓するための甘い行為も、まるで強姦の様相を呈してくる。

「いやだ。やめろってば！」

自分だって男なのだから、死ぬ気で抗えばなんとか逃げきれると今の今まで本気で信じていたことを、芳那はすでに後悔していた。

ものの数秒で全裸に剝《む》かれて敷布にうつ伏せにされ、腰だけを高く掲げた形で押さえ込まれる。

「ぁぅ……っ」

背中にねじりあげられた腕が痛くて、シャリフが本気になれば簡単に折られてしまうかもしれないという恐怖が起こって、抵抗らしい抵抗などできなかった。

「なんだ？　もう逆らうのはおしまいか？　レイプの真似事が好みならそう言えばいい。いつだって強姦プレイにつきあってやる」

破れた夜着がただの布切れに変わり果て、押さえつけられた白い肌に指が食い込んでくる。性感を引きだすために性急に肌をまさぐられると、絶対に快楽に屈したくない芳那は歯を食いしばって熱をやり過ごそうと努めた。

「わたしをここまで焦らしたらどうなるか、たっぷりとこの身体に叩き込んでやる」

寝台の脇に置かれた飾り棚から専用のジェルを取りだしたシャリフは、チューブの蓋を開けると……。

「さぁ、たっぷり味わうといい」

その注出口を芳那のまだ硬い蕾《つぼみ》に潜り込ませ、そのまま一気に中身を絞りだす。

「ぁ！　ひ……そ、んな……ひど……ぁぁ」

とろっと粘度の高いジェルが直接腸腔に入ってくる感触に声がうわずって、拒むように入り口を喰いしめるが、空になったチューブは呆気なく抜かれた。

「ひ……っ……！　ぁぅ……冷た……ぃ……こんなの……ぃやだよ」

おぞましいほどの違和感に唇がわなないて、芳那は首を激しく振って拒絶を示す。

「やっ……いや！　お願いっ……許して、シャリフっ……ぁぁ」

だが、そんな態度をあざ笑うかのように、シャリフの長い指先が目的を果たすため、小さな窄まりに潜り込んでくる。

「ぁ！　ぁ……ぁぅ。入って……くる」

初めてだった。

いつもなら優しいキスから始まる行為も、今はただ男の性欲の捌け口にされているとしか感じられないほど、即物的なやり方だった。

全裸の自分に対し、一糸乱れぬ衣装のままのシャリフを見て、本当にセックスだけが目的なのだとわかって悲しかった。

指はすぐに二本、三本と増やされ、どれだけ侵入を拒もうと孔を締めてみても、すでに男になじんだ身体は芳那自身の言うことをまったくきかなかった。

「やっ……ぅん……だめっ……そんなに、中で指……動かさな…で。お…願い」

ジェルにまみれた粘膜をいやらしく掻き乱して柔襞を強引に綻《ほころ》ばせたあと、背後からすぐに熱い怒張が孔に押しあてられる。

「知っているか？　お前の小さな孔は、最初こそ淡いピンク色をしているが、わたしを飲み込んでたくさんこすってやると、次第に深紅に変わっていくんだ。ふふ……それを知っているのは、夫であるこのわたしだけだ」

「っ！　ぁうぅ」

ずぶっという音が振動で伝わるほどの勢いで、太い竿が小さな孔の口を開かせて、次の瞬間には獣のように這わされたまま一番深いところまで一息で貫かれていた。

「あ、ぁ、ぁ――――っ」

悲鳴に近い声を聞きながら充足の息を一つ吐いた王子は、いつもなら妻の肉襞が己の雄茎の形にじんわりとなじむのを待ってくれるのだが、今夜はいきなり激しく腰を使い始める。

「あっ！　ぁぁ……………やっ」

こんな扱いをされることが悔しくて、絶対に感じてなんかやるものかと敷布をちぎれるほどつかんでみたが、結局は無駄な努力だった。

すっかりシャリフに飼い慣らされて躾《しつ》けられた肉は、こんなに乱暴に扱われても簡単にやわらかく熱くなって男に靡いていく。

「いや、いやっ……いやっ………そこ。こすら…ないで！　だ……め、ぁぁ、悔しいっ」

拒絶の言葉は相手に向けて発したものではなく、男に媚びる自身に向けたものだった。

「ぁ、だめ……だ、め。そこは……いや。ぁぁ……い……ぃや、ぃぃ……」

「ふふ。お前は可愛いな、芳那。っ………いやなのか、いいのか。どっち、だ？」

久しぶりのシャリフとの交合は壮絶な喜悦を芳那に与え、前立腺を狙ってこすられるたびにまぶたの裏に火花が散るようだ。

獰猛《どうもう》な雄に犯される恐怖と、虐げられる快感が身を灼く。

「く……可愛い芳那。お前の……身体は正直だ。もう……すっかり、わたしの虜になっているらしい。っ……もう少し奥まで埋めて欲しいなら、もっと……中をゆるめろ」

「ぁ、は……や……ぃや、や！　ぃぃ……そこ、感じる。だめ、奥、奥……ぁぁ、深い」

ぐちゃぐちゃという粘ついた音が尻の奥から響いてくると、それは耳からも芳那を辱めて貶《おとし》めていく。

「本当に……っ、やめて欲しいのか？……っ、どうだ？」

「ぁぁ……いや。だめ。やめ……ないで……もっと……して…」

ついに陥落した妻が本音を漏らすと、王子はふっと勝ち誇ったように口角をあげた。

「芳那。お前はもう、心も身体も…すべてが……わたしの、ものになっていることを…早く、自覚しろ」

芳那と同じように息があがっているせいで、シャリフの声も途切れて卑わいに聞こえた。

「あ！　違…う。もっと……奥。ぁん、そ…こ。こすって、もっと…そこばっかりが…ぃい」

「……わかって、る。きついな……ここ、だろう？　お前の好きなところは…ここだ！」

前立腺を硬い亀頭でぐりっと抉られ、白い綺麗な背中に肩胛骨《けんこうこつ》が浮きあがる。

「――――ひぃ！」

「お…い！　締めすぎだ。くそっ……もう、持たない。芳那、中に出すぞ！」

痛いほどに勃起して、律動のたびに敷布にこすられ続けている芳那の屹立からは、白濁した粘液が途絶える間もなくこぼれ続けていた。

そこに、男の長い指が目的を持って絡みついた。

「ああぅ！　……い、ぃ。気持ち……ぃぃ」

「わかってるよ。ちゃんと扱いてやるから。お前も一緒に……さぁ、芳那……く！」

芳那の細い指がなにかに耐えるように敷布を掻きむしってから強く引き寄せ、苦しげに額が羽根枕に何度もこすりつけられる。

「あぁぁ――――！」

長い悲鳴は、四角い窓を突き抜け、おそらくこの離宮の中庭にまで響き渡っただろう。

これまで暴かれたことがないくらい深い奥に灼熱《しゃくねつ》の塊を感じた直後、腹の中が熱く濡れるのがわかった。

同時に、芳那は数回腰を突きだすような動きを見せながら、シャリフに扱かれて震えながら白濁を散らせていた。

二人とも、まるで長い距離を全力で走った直後のように息が乱れていた。

「芳那、このまま……二度目に、いくぞ」

耳腔の中に舌がねじ込まれ、芳那はこの先の底のない淫行に期待をふくらませながら、悲鳴をあげて泣き崩れる。

何度も耳朶を噛まれ、埋まったままの怒張が再び熱い律動で細い腰を揺さぶり始めた。

限界を訴えようと開いた唇が、芳那の意に反して甘い言葉で男を誘うのに絶望する。

「いいよ、何度でも……シャリフの硬いので……犯して……好きに、して……」

そして…………二度目のセックスは、今まで経験したことがないほどに凄絶《せいぜつ》だった。

果てないほど熱心に最奥ばかりをこすられて混じり合い、二人は狂ったように互いを求めた。

こんな獣じみた交合でも、芳那は自分がシャリフに満たされていくのを感じてしまう。

情熱的な律動で荒々しく愛されながら、目頭が熱いと感じたときにはもう泣いていた。

でも、この涙の正体が、嬉し涙だと気づいて胸が詰まった。

シャリフに抱かれていることが、偽りなくただ……嬉しかった。

これほど情熱的に求められ、本当になにもかも、すべてが満たされていく。

「っ……く…芳那！　中に、出すぞ」

「うん……ぁ、ぁ。いいよ。奥に……いっぱい……出して」

「………ぅ。芳那……芳那、芳那っ」

妻の後腔に数度にわけておびただしい量の精子を吐きだしたあと、シャリフはようやく長い息を吐いて埋めたままだった雄を引き抜いた。

「ぁぁ………ぁ、ぁ」

まるで主軸を失ったように崩れ落ちた瘦身《そうしん》は、しばらくうつ伏せのままビクビクと痙攣していたが、シャリフは妻の肩を優しく抱いて疲弊した身体を仰向けに横たえさせた。

「っ……はぁ………芳那。無茶をさせてしまったな。大丈夫か？　っ………え！　芳那！」

今の今まで飢えた野獣のように欲望に駆られていたシャリフだったが、今、青ざめた妻の顔と、その頬を濡らす涙を見たとたん、ようやく我に返った。

芳那の白い肌には引っ掻き傷や指の圧迫痕がいくつも残って、腰には鬱血《うっけつ》も見られる。

あまりにも、ひどい有様だった。

妻に対する行為がどれほど傲慢で独りよがりだったかを、シャリフはようやく知る。

「芳那………芳那！　あぁ、わたしはなんてことを……すまなかった」

ここしばらく、自分に対して拒絶をあらわにする妻にいらだち、手荒に抱いてしまった。

その事実に衝撃を受けるシャリフは、まだ泣いている妻に、先ほどとは打って変わった優しい仕種で目尻についばむ口づけを落とす。

芳那にとって、やはり王子のそんな態度はまるで飴と鞭のような所行。

「芳那、本当にすまない……こんなひどいことを、どうか許してくれ……」

真摯な謝罪に枯れることなく涙がこぼれると、また優しく大事に唇を吸われて、芳那はシャリフの真意がどこにあるのかわからなくなっていく。

精も根も尽き果てた芳那は、それでも真実だけは見失わないよう自分に言い聞かせていた。どれほどシャリフに優しくされても、これは決して愛されているわけでもなんでもない。己の脆い心が見せる、ただの願望的幻想だ。

自分はこの宮殿の中では后妃として敬われていても、結局は王子に買われた奴隷と同じ。

「なぁ……シャリフは俺を力で支配できて満足か？」

「芳那！　違う」

「もしも……もしもシャリフが、従順でなんでもお前の思いどおりになる人形が欲しいなら、どうか他を探して欲しいんだ。俺は、そんなふうに隷属する者にはなれないから」

抱かれているときは快楽に素直に溺れていた芳那がこぼす本音に、シャリフはひどくショックを受けてしまい、ずいぶんと弱腰になった。

「あぁ、芳那。本当に……悪かった。わたしはお前のことを奴隷だなどと決して思ったことはない。でも、さっきのわたしの態度が芳那にそう思わせたのは認める……もう、二度と乱暴なことはしないと誓うから、どうかわたしを許して欲しい」

切ない目をして詫びるシャリフの懸命な姿に、芳那はますます混乱して困惑する。

なぜ、彼は自分にこんなにも必死になって許しを求めるのだろう？

本気で芳那を支配して奴隷のように扱うことが望みなら、許しなど求めないはずだ。

許されたいと思うのは、相手を尊重しているから？

今の関係を、これからも継続していきたい強い思いのあらわれなのだろうか。

でもそれはなぜ？　どうして？

もう、なにもわからなくなる。

シャリフがいったいなにを考えて、なにを自分に求めているのか。

ただ、相手の心情は不明なままだったが、芳那は今回のことで、自分の気持ちだけははっきりと見えた。

こんな扱いをされたことで、ようやくわかった。

それはもう、ごまかしようのない自身の本当の想い。

――俺は、こんなひどい仕打ちを受けても、シャリフのそばにいたいと思っている。

それくらい、もうとっくに彼を好きになっていた。

でもわかっている。間違ってはいけないということも。

ザーヒル弁護士が言っていたように、シャリフにとってはこれはあくまで偽装結婚だ。

彼が芳那に優しくするのは王位継承という目的があるからで、心から好いてくれているわけじゃない。

それを自身がちゃんと把握していなくてはならない。

勘違いするな……と、芳那は自らに何度も繰り返し言い聞かせる。

自分があくまで偽装の妻であることを、忘れないようにしなくては。

「芳那、どうした？　お前……なにを考えている？」

うつろな目で思考を巡らせる芳那の瞳をのぞき込みながら、王子は一つの問いを口にした。

「芳那。お前は………この偽装結婚の期限が来たら、日本に帰るつもりなのか？」

なぜ、シャリフは今さらそんなことを訊くのだろう？

「だって、最初からそういう契約だったじゃないか」

「………誰か、いるのか？」

「なに？」

彼の言いたいことがわからなくて、芳那はいぶかしい視線を向ける。

「日本で、待っている……人の、ことだ」

待っている人？　それは、恋人という意味なのだろうか。

「……どうして、シャリフはそんなことを訊く？　俺のことは全部知っているんだろう？」

「あぁ、そうだな。芳那のことは調べつくした……それでも、わからないことだってある」

どうやら王子は、芳那の本命が日本にいるのかと勘ぐっているらしい。

「………いたら？」

「え？」

「俺を待っている恋人が、日本にいたとしたら？　………どうするんだよ」

「………別に。ただ、訊いただけだ」

「シャリフこそどうなんだよ。お前にこそいたんだろう？　綺麗な婚約者が。王位を継承して俺と別れたら、その人ともう一度婚約して、それから結婚するつもりなんだよな？」

「え？　芳那！　お前、なぜ婚約者の話を………誰に訊いた？　ザーヒルか。ザーヒルだな！　…………だが、芳那……お前は、わたしの相手が気になるのか？」

すっかり落胆に染まっていたシャリフの瞳が、少しだけ力を増してまばたく。

「別に……気になる、わけじゃない」

「言っておくが、彼女のことは宰相や弁護士が勝手に決めた相手だ。特別な感情もないし、わたしが芳那と婚姻を果たした段階で彼女との婚約は完全に白紙になっている」

その点に関しては、ザーヒルも過去形で話していたが。

「本当に？」

過去のことだとシャリフの口からはっきりと聞かされ、自分がとてつもなく安堵していることがおかしくて、芳那はやはり戸惑っていた。

でも、それは自分だけでなくシャリフも同じように見える。

結局はまだ、お互い腹を探り合うような関係でしかないことが、もどかしかった。

本当に訊きたい言葉があるのに、どうしてもそれを伝えられないまま。

「芳那は、わたしが嫌いか？」

駆け引きの上手いシャリフならではの訊き方だった。

好きかと訊かれれば、好きではないと答えるだろう。

でも、嫌いかと問われれば、答えはノーだ。嫌いではない。

好きとは答えられなくても、嫌いだとは答えたくない。

「シャリフは俺に……どんなふうに、答えて欲しいんだ？」

長い沈黙が訪れるが、芳那はシャリフの言葉を辛抱強く待った。

「……わたしのことを……好きだと、答えて欲しい」

初めて耳にした感情を示す言葉に、芳那は愕然とする。

「…………」

でも結局はなにも言えず、ただ押し黙って眉の両端を下げてどんな答えが正解なのかを熟考していたが、やがてシャリフはため息をついて寝台を降りると、そのまま退室していった。

一人で寝所に残された芳那は、未来のないこの関係について思いを巡らせていた。

ここに愛などないことは百も承知。それなのに、彼は今なんと言った？

――わたしのことを、好きだと答えて欲しい……。

いったいどうして？　なぜ彼はそんなことを望むのだろう？

自分の立場はシャリフが王位を継承するための一年間の偽装花嫁で、その役目をまっとうしたあとは離婚して日本に帰るという約束だった。

これはあくまで偽装結婚だったのに、でも……自分は。

本当は、本当はシャリフを……。

シャリフを……愛している。

もうとっくに気づいていた。認めてしまうのが怖かっただけ。

だから……どうしても、伝えたい。この想いのすべてを、彼に全部。

でも、ザーヒル弁護士の言うように、世継ぎの産めない自分はそれがシャリフのためにならないと知っているからできなかった。

なによりも、優しいシャリフを苦しめたくない。

だから芳那は、このまま粛々と刻が満ちるのを待とうと決めた。

この想いのすべてを封印して閉じ込めて、最後までちゃんと偽装花嫁を演じきってみせる。

すべては、大切なシャリフのために。

そして期限がきて無事に役目をまっとうしたら、笑ってさよならを言ってこの美しいマハール王国を離れ、なつかしい故郷に戻ろう。

全部わかっていたことなのに、涙が止まらない。

こんなにも切なく誰かを想うことを初めて知った芳那の唇が、なつかしい言葉をこぼす。

「母さん……」

生涯に一人だけと誓い合った愛する人と引き裂かれ、故郷に帰った母のことを思う。

「ごめん母さん」

結ばれることのなかった母とアジャフ国王が、互いの子供に託した願いを、結局は叶えてあげられないことが哀しかった。

でも、これが誰にとっても正しい選択なのだと芳那は結論づけた。

【8】

あの日から、二人の間には見えない溝ができてしまい、すれ違いの日々が一ヶ月ほど続いていた。

周囲に気づかれない程度に芳那は王子を避け、シャリフも和解したいそぶりは見せるものの、多忙もあって解決策を探ることもできず、開いた距離を埋めることは叶わなかった。

次第に王子の視線が好戦的なものに変わっていくのがわかっても、芳那は放置した。

その日。マハール王国にとって最も重要な原油の取引先であるレーダン国の太子が一年ぶりにマハールを訪れたことで、シャリフは彼を宮殿に招待して盛大な宴《うたげ》を催していた。

年間一千億の取引を行う両国の関係はとても良好で、集まった双方の関係者は今夜は無礼講だと陽気な舞や楽隊の演奏、豪華な会食を楽しんでいる。

接待するのは宮殿で仕える選《よ》りすぐりの美しい侍女たちと、街のクラブの高級娼婦《しょうふ》たち。

娼婦をこの饗宴に呼んでいるのは、もちろん客人が気に入れば特別な接待を行うことが可能だからだ。

こういった風潮はこのあたりではまだ公然と残っていて、どうにも理解しがたいことだ。

華やかで煌びやかな宴席の様子は、まるでここが絵本で見たアラビアンナイトの王宮のように芳那には見えた。

これだけの要人が集まっている宴席には、当然、相当数の警備がついていて、芳那はその中に偶然、ナディールの姿を見つけて目を見張った。

すると彼もなつかしい目でこちらを見ていて、変わりない姿に少しだけ安堵して笑みを返す。

あんな形で会えなくなってしまい、ずっと気がかりだったからだ。

そのとき、近くでくつろぐシャリフの瞳がすっとすがめられたのに、芳那は気づかなかった。

やがて宴もたけなわになり、太子が歓迎の礼にと自国から連れてきた数人の遊女をシャリフに寄り添わせる。

誰の目にも性的魅力にあふれた女たちは、豊満な胸や手入れされた美肌を見せつけるような衣装を身につけ、シャリフの身体にもたれかかる。

后妃である芳那は王子から少し離れたところに静かに座っていたが、居心地の悪さはぬぐえなかった。

「シャリフ王子、この娘たちは殿方を満足させられるよう充分な教育を施していますから、お好みを選んでお楽しみください。もちろん全員をお召しになっても悦《よろこ》びますよ」

品のない、芳那にはそう見える笑みを口元に浮かべ、太子は遊女たちを勧める。

独特の謝礼の仕方に表情を険しくさせる冷たい妻を目にしたとき、シャリフは意地悪を思いついたように口元を歪めてみせた。

彼は芳那の瞳だけを見つめながら、優雅な仕種で遊女の肩を抱いて引き寄せる。

女は豊かな乳房をわざとシャリフの逞しい胸板にこすりつけるように、しなだれかかった。

「……っ」

そんな安っぽい挑発に、芳那はわかっていても呆気なく奈落に突き落とされる。

本当に、我ながらどうしようもないが、吐き気がした。

それでも二人から視線を外せずにいると、別の遊女が今度はシャリフの頬に手を添えて振り向かせると、いきなりその唇にキスを施す。

赤い舌がシャリフの固く閉じた唇の狭間《はざま》を舐めるのを見て、芳那はひどく傷つけられた気分になった。

最初からなにも持ってないのに、まるで大事なものを奪われ、そして裏切られたと錯覚したからだ。

勘違いにもほどがある。傷つく資格すら持たない自分が馬鹿げていて情けなかった。

それでも夫の逞しい身体にまとわりつく二人の遊女から目を離せずにいると、女とのキスがほどけた瞬間、シャリフと目が合ってしまう。

強情を張って彼を避け続けたことへの、これは仕返しなのだろうか。

挑発的にすがめられる双眸に、もうだめだと限界を感じた。

芳那はその場に足を畳んで正座すると、両手をついて恭しく王子に向かって頭を下げる。

それは日本ではめずらしくない謝罪や敬意の表現方法だったが、シャリフにはとても特異なことに映ったようだ。

彼の表情がこわばったのを見て取ると、芳那は今度は打って変わって凛とした美しい所作で立ちあがると、そのまま真っすぐに広間の真ん中を抜けて歩いていく。

最高級の絹で縫った衣装が芳那の優雅で品のある動きに合わせて揺らめく様がなんとも美しく、その場にいたほとんどの男性の視線が自然と后妃に集まった。

芳那の姿は、理解のある后妃が王子の遊びを寛大に容認して、すべて知った上で宴席から姿を消したように映っただろう。

実際、芳那もそのつもりだった。

この国では、夫が正妃の他に複数の側室や妾を持つのは常識なのだから、遊女と寝るなんて取るに足りないことらしい。

理解のある伴侶。せめて、そう見えているといい。

自分たちの関係は偽装なんだから、こんなことは別段、平気だと言い聞かせながら歩く。

芳那は振り返ることもなく、そのまま気丈に扉から出ていった。

だから、妻を見送る王子の瞳が、まるで痛みをこらえるようにすがめられたことなど知る由もなかった。


ＳＰを従えて翡翠の館に戻った芳那は、ここでいいと彼らに礼を言って遠ざけた。

長い時間、平静を取り繕う自信がなかったからかもしれない。

案の定、居室に向かって廊下を歩いていると、こらえていたものが一気にあふれだした。

どんなに拒んでも避けても、どうしたってもとの自分には戻れない。

シャリフが遊女とキスをする姿を見ただけで、胸の口が激しい嫉妬と憎悪で焼け焦げそうだった。

そして知ったのは、自分がもう引き返せないほどシャリフを愛しているということと、どれほど本心から王子に愛されたいと望んでいるのかだった。

以前、縁日の夜にシャリフに想いを告げに来た踊り子と遭遇したときは、今ほど胸が苦しくはなかった。

自分とは偽装結婚という関係だけなのだから、密かに二人で会ってもいいと平然と提案できるほど、まだ気持ちに余裕があった。

でも今は全然違う。自分は変わってしまった。変えられてしまった。

自分はこんなにもシャリフだけを深く想っている。

偽装結婚の契約期限が来たときには、引き際も綺麗に平然と立ちまわれる自信があったのに、今は心が、身体が、どうしても彼と離れたくないのだと悲鳴をあげている。

「もう、泣きたくなんかないのに……ほんと、馬鹿だよな」

こんなに好きにさせておいて、シャリフはひどい。

勝手に涙があふれてきて、そのせいで足元が揺らいで霞んでしまう。

だったらなぜ……乱暴に抱いたあの夜、自分に好きだと言って欲しいと望んだのだろう。

縁日の夜、彼は芳那一人がいればそれでいい……とさえ言ってくれたのに。

もう、シャリフのことが少しもわからなくて、とにかく辛かった。

今もまだ、シャリフと遊女のキスが頭から離れないままで……。

「シャリフ、シャリフ……どうして、こんなに苦しめるんだよ……！」

でも、いずれこの国でシャリフの正妃となる女性は、これほど苦しい想いを生涯、味わわされ続けるのだろう。

今になって想像してしまう。

亡くなったシャリフの母は、夫に何人もの妾がいても本当に平気だったのだろうか？

「そんなの、嘘だよ……きっと」

でも、それを許せるくらいに、アジャフ国王のことを愛していたのだと今はわかる。

自分はそれほど誰かを愛することができるだろうか？

込みあげる嗚咽を抑えきれず、涙があふれて足元が見えなって壁に寄りかかったときだった。

「芳那様、危ない」

倒れるかと思った身体を、すぐうしろから誰かに力強く支えられた。

振り返ると、それは以前、芳那のボディーガードを務めていたナディールだった。

「お前、どうしてここに？」

宮殿や離宮の内部では、后妃には基本的にＳＰは同行していない。

「宴席でわたしも警護にあたっておりましたが、退室される芳那様があまりにお辛そうで、心配であとを追ってきてしまいました。勝手なふるまいをお許しください」

こんな精神状態のときだからこそ、優しい言葉は傷口から一気に染み込んでくる。

「ナディール……うん。心配してくれて、ありがとう」

無理に笑ったはかなげな表情に、ナディールの顔色が変わったことに芳那は気づかなかった。

「お部屋へ戻りましょう。さぁ」

以前のように軽々と抱きあげられて自身の部屋に入ると、そっとソファーに下ろされる。

そのあと、ナディールはしばらく芳那のそばにいてくれて、芳那は気を紛らせるために診療所や子供たちの現状をぽつぽつと話して聞かせた。

やがて芳那が疲れた顔を見せる頃、

「芳那様、そろそろお休みになられては？」

ナディールは再び后妃を抱きあげて寝所に入ると、天蓋を分けて敷布の上にその痩身を優しく横たえる。

「ありがとう」

笑みの形を作っている唇はまだ震えていて、涙のあとの残る目元をナディールは険しい顔をして見おろしていたが……。

突然、彼は思いつめたように寝台に膝で乗りあげると、芳那を両手で抱きしめた。

「ぇ……！」

不意のことに驚く芳那に彼はそのまま覆いかぶさって、敷布の上で完全に組み伏せられる。

「ナディール！　ぁ、な……に？」

「芳那様、わたしは……あなたを……どうしても忘れられません。離れてしまえば忘れられると思っていました。でも……でも…」

苦しげに積もる想いを吐露され、喉元に落ちてきた唇が白い肌を味わうように舐める。

「だめ、だ……ぁ、だめ……っ、ナディール！　や……ぁ」

抵抗する芳那の腰帯をほどいた掌が、そのまま吸いつくようにももの内側に忍んできた。

両足を閉じようとしたが間に合わず、ナディールに膝を使って足を広げられ、その狭間に身体を入れられてしまう。

「ぁぁ。だめ……ナディール。よして……こんなこと！　だ…めだ」

酔いも手伝っているのか、腕に力が入らずろくな抵抗ができなかった。

しばらく夫から距離を取っていた身体は不本意にも飢えていたようで、他の男の愛撫にさえ容易にほどけだしてしまう。

「芳那様……診療所で治療の手伝いをさせていただいたときから、あなたを想っております」

真摯な声で胸の内を告白されて、泣きたくなった。

片恋の辛さは誰よりも知っているから。

思わず、そんな彼のために一度くらいなら、この身を任せてもいいとまで思える。

それにもし自分がナディールに抱かれたら、シャリフはどう思うだろう。

まだ、自分のことで嫉妬をしてくれるだろうか？　怒ってくれるだろうか。

シャリフの正直な姿が見たくて、本音が知りたかった。

でも、そんな卑怯な手段でしか、相手の想いの丈を確かめられない情けない自分に気づいたとき、芳那は完膚無きまでに叩きのめされた気がした。

こんな馬鹿げたことを考える自分自身に吐き気がして、また目頭が熱くなってくる。

打ちひしがれることで完全に無抵抗になった芳那の身体から、男の手で見る間に上等な正装がはがされていく。

もう、どうにでもなればいい。

なぜなら今、シャリフは先ほどの遊女たちを抱いて甘い時間をすごしているのだから。

焦げつく胸が血を流し、じくじくと痛んでいる。

そのとき、薄い下着の上からそっと屹立を撫でられた瞬間、芳那は敷布の上で震えた。

細い指が広い背中にまわって、なにも映すことのないうつろな瞳からしずくがこぼれ続ける。

「ぁ、ぁ。お願い……そばにいて…どこにも行かないで……誰のところにも行かないで……」

もう、自分が誰と一緒にいるのかさえ、わからなくなっていた。

「………そばに……いて。離さないで…シャリフ…」

別の名で呼ばれたことで、ようやくナディールが我に返ったようにフリーズした。

まさにその直後だった、開け放ったままの寝所の戸口から荒々しい足音を響かせて誰かが入ってくる。

「芳那！　芳那っ」

シャリフだった。

彼は褥の上で薄い下着だけになった妻と、見知った男の姿を視界に収めた瞬間、切れた。

一直線に寝台まで駆け寄り、芳那を組み敷くナディールの胸ぐらをつかんで引きずり下ろし、そのまま利き手を振りあげると容赦ない力で頬を拳《こぶし》で殴りつけた。

それは恐ろしいまでの破壊力で、大柄で屈強な軍人が壁まで吹き飛んでしまう。

一瞬の暴挙に驚愕した芳那だったが、シャリフが壁際に駆け寄ってさらにナディールを殴ろうとするのに気づいて跳ね起きた。

「待って！　待ってシャリフ！　やめて！」

真っすぐに夫のもとに駆け寄っていくと、必死にその腕を引いて止める。

「放せ！　芳那」

「もうやめて！　全部、俺のせいなんだ。ナディールは悪くない！　もうやめて！」

おそらく殴り合いになれば互角に渡り合えるのだろうが、ナディールは一切の抵抗を放棄したように殴られるのを待っている。

「シャリフ。俺はなにもされてない！　もうやめて」

だがシャリフの怒りは治まることを知らない。

「ナディール、お前、どういうつもりだ！　わたしの后妃に手を出すなど、それが重罪だと知っての狼藉か！」

　再び振りあげられた拳を、芳那は全力でつかみしめる。

「許してあげて。もう殴っただろう！　だからナディールを許してあげて！　でないと、でないと俺は！」

　あまりに必死な妻の様子に、シャリフの肩から少しだけ力が抜ける。

「でないと、お前はどうするって言うんだ？」

「それは……だから、俺は！　俺はお前を、き、嫌いに…なる、からな！」

　説得と呼ぶにはあまりに幼稚な発言が妻の唇からこぼれると、シャリフは一瞬固まって、次の瞬間には脱力したように笑いだした。

　おそらく拍子抜けしたのだろうが、それで緊迫していた空気が一変した。

　豪快な笑い声に芳那はようやく安堵して、つかんでいた逞しい腕から手を放す。

「シャリフ様、本当に、本当に……申し訳ありません」

　ナディールは意気消沈した様子で頭を垂れて謝罪した。

「もういいから、お願いナディール。もう部屋から出ていって！　早く！」

「芳那様……ですが、わたしは……」

　ようやく怒りが治まった様子のシャリフの気が変わらないうちに、一刻も早くここから姿を消してもらうのがいいことは芳那が一番わかっている。

「いいかナディール、二度目はない。今度わたしの后妃に近づいたら、言い訳も聞かずにその場で叩き斬ってやるから覚悟しておくがいい」

ドスのきいた声で釘を刺した王子に、ナディールは深々と頭を下げて一言だけ発した。

「御意」

そして彼は退室していった。


ようやく寝所で二人だけになると、芳那は再び掌が緊張で汗ばんでくるのがわかった。

礼と謝罪のどちらから告げたらいいのか迷って、口を開いた。

「シャリフ……あの……ありがとう。芳那の顔を立てたわけじゃない。あいつは……斬るわけにいかないんだ」

「勘違いするな。芳那の顔を立てたわけじゃない。ナディールを、許してくれて」

意外な言葉が返ってきたことで芳那が遠慮がちにその意味を尋ねると、シャリフは少し迷ってから驚くべき真実を口にした。

「あいつ本人が知っているかは不明だが、ナディールは、実はわたしの腹違いの弟だ」

「え！」

「父、アジャフが侍女に産ませた子供。それがナディールなんだ。だが、いいか芳那、これは父上亡き今、宰相しか知らない極秘事項だ」

「……そんな。本当に？」

「わたしも父が事故で亡くなったときに初めて知った。いいか芳那、この件は一切口外するな。宰相もわたしに知らせるつもりはないらしいからな。だからさっき、お前が激昂していたわたしを止めてくれて本当は感謝している」

血の繋がった兄弟への憂慮を見せるシャリフに、芳那はただ何度もうなずいた。

「あの、シャリフ。それから……」

混乱しているせいか思考が上手くまとまらないが、それでもこんな事態を招いたことを謝罪しなければならないと思った。

息を吐いて緊張をとき、顔をあげてシャリフを見つめる。

芳那の目尻には、涙のあとが隠しようもなく残っていて、泣いていたのだと一目でわかった。

「さっき、ナディールと……あんなことになったのは、油断していた俺のせいで……本当にごめんなさい。それと、助けてくれて……ありがとう」

ようやくそう伝えたとき、至近距離のシャリフの着衣から甘ったるい香水の匂いが漂った。

とたんに胸の痛みが復活し、芳那の生来の気の強さが顔を出してしまう。

「……シャリフ」

「ん、どうした？」

「もう話は終わっただろう？　悪いけれど、寝所から出ていってくれないか」

精いっぱいの虚勢を張って、冷たく突き放した。

事実、確かにさっきまで自分は泣いていたが、それ以前には本当は怒ってもいたはずだ。

腹を立てていた。それが理不尽な怒りだとわかっていても……。

シャリフが……遊女と……一夜の関係を持つ。

偽装花嫁である自分はそれを責める立場にないことは承知していたが、涙があふれた。

本当に悲しくて、怒りが湧いた。自分の心には、どうやっても嘘はつけない。

「わたしに……寝所から出ていけだって？　お前、急にどうした」

芳那が一瞬にして哀しげな表情になった理由を、シャリフは測りかねる。

「だから、寝所に入っていいなんて、俺は一言も許可してないだろう」

強がる芳那の怒りの根底には、知らない遊女への嫉妬が潜んでいた。

「わたしはマハールの国王になる男だ。この国の中でわたしが入れない部屋などない。言っておくが、お前はいつだってわたしの手の内に在る」

腕をつかんで引き寄せられると、王子から香水がさらに強く香って、反射的に顔を背けた。

「芳那。どうした？　泣いていたんだろう？　なぜだ。どうして泣く？」

自分が泣いていた理由なんて、きっともう全部わかっているくせに。

それでも尋ねる声があまりに優しくて、よけいに胸がじくじくと痛みを増した。

そっと抱きしめられて、反射的に本心が口をついてしまう。

「いやだ。誰か……を、抱いた手で、俺に触るな。変な匂いが移る！」

拒絶をあらわにしてそう吐き捨てた芳那の姿に、シャリフは一瞬だけ目を丸くしたが、すぐに愛しさを募らせた顔になってほくそ笑む。

そんなゆるんでしまった、だらしない顔をあえて引き締めると、彼は妻を懐深く包み込んだ。

「いやだ！　いやだって！　離して！」

「だから、なにをそんなに暴れるんだ？　女を抱いたわたしが、そんなにいやなのか？」

返す言葉を失って芳那は黙り込む。

「だが、芳那が最近ずっと夫であるわたしを拒絶して抱かせてくれないから、仕方がないだろう？　わたしだって健康な普通の男なんだから、性欲は人並みにある」

責任転嫁するように文句を言われ、芳那は泣き腫らした顔をあげて王子と目を合わせる。

「……そう、なのか？　俺が相手をしないと……また、シャリフは他の人を抱く？」

こんな情けないことを訊いているのは自分じゃないと、そう思いたいのに。

「あぁ、そうなるかもしれないな。どうした？　いやなのか？」

「…………っ…………い、やだ…よ」

素直な言葉が口をついてしまうのを、悔しいのに止められない。

悲しくて辛くて、でも、どうしてもシャリフを他の人に渡したくなかった。

もう一度シャリフに言って欲しい。

以前、あの踊り子に対して宣言してくれたように、今も抱きたいのは芳那だけなのだと。

もう他に目を向けさせないためなら、どんな無情な要求も受け入れてしまいそうだった。

「芳那は、わたしが他の女を抱くのがいやなんだな。それは……どうしてだ？」

まるで誘導尋問のようで、彼がなにを言わせたいのか予想できたが、簡単に口にはできなかった。

ザーヒルに言われたように、世継ぎを産めない自分はシャリフに相応しくない。

「それは………」

芳那は答えられずに、またぽろりと涙をこぼした。

答えを辛抱強く待っていたシャリフだったが、あまりに哀しげに頬を濡らす姿に我慢できなくなったのか、真相を暴露する。

「泣くな！　芳那……馬鹿だな。お前っ……勘違いするな」

「……勘…違い？」

「言っておくが、わたしは遊女など抱いていない。芳那………お前がいつまでも抱かせてくれないから、意地の悪い態度でお前に誤解をさせてすまなかった」

「嘘だ……誤解なんて、そんなの嘘だ」

こんなに香水の匂いが身体に移っているのに！

「わたしには芳那がいるのに、どうして他の女を抱く必要がある?」

シャリフの言葉に、呼吸が困難になるほど胸が熱くなった。

でも、それを信じたいけれど、にわかには信じられず、目で話して欲しいと訴える。

「太子の手前、捧げものをありがたく頂戴しないわけにはいかないのはわかるだろう? だから遊女たちと別室に入ったが、上手く話して少し経ってから部屋を出るよう伝えてきた」

「……本、当? でも、シャリフの身体から……香水の……」

「わたしを信じろ。あれだけ強い香りなんだ。そばにいるだけでも移るに決まっている」

「……そんなの知らなかった。でも、そばにいただけじゃなかった。シャリフは遊女たちにくっつかれてた」

唇を尖らせて責められ、シャリフは困ったように笑って、あれは不可抗力だと言い訳しながらも降参した。

「本当に悪かった。だから、芳那が心配で飛んできたのに。お前こそひどいじゃないか」

「ぁ……それは」

ナディールに一瞬でも身を任せようとした弱い心を、見抜かれているのだろうか?

「だが芳那、お前を許すよ。聞こえたんだ。さっきナディールに組み敷かれている芳那がわたしの名を呼んだのを。本当は、わたしに抱かれたかったんだろう?」

「……ぅん」

先刻、ナディールと褥にいたとき、王子に抱かれている錯覚にひたっていたのは確かだった。

「芳那……信じてくれ。わたしは、お前がたまらなく愛おしい」

見あげてくる泣き腫らした瞳と、赤く染まった腫れぼったい目尻が可愛いくてたまらないと、シャリフは甘い声で囁いて、それから芳那の目を真っすぐに見おろす。

「芳那。いいか、よく聞いてくれ。わたしはこれまで、どうしても自分の立場を考えて本気で誰かを欲することに歯止めをかけていた。でも、お前に出会ってから、そういう抑制がまったく利かなくて困っている。わたしは……芳那が大事なんだ。お前には哀しい顔をさせたくない。前にも言ったが、わたしはもう芳那以外、誰も抱きたくないんだ」

「…………シャリフ」

王子は狡い……と芳那は思った。自分が一番欲しかった言葉が、どうしてわかるのだろう。百戦錬磨の、経営のプロフェッショナルだから?

「シャリフは……狡いよ」

いつも傲慢で本心を見せないくせに、時々こんなふうに素直になるなんて本当に狡い。嫌いになれれば楽なのに、これじゃあ、いつまで経っても嫌いになんかなれない。

もう降参だ。どうしようもない。

だから……彼が数日前に芳那に望んだ言葉。それを今……伝えるときなのだと覚悟を決めた。

「シャリフ……あの……聞いて、欲しいことがあるんだ」

「ん？」

「……俺は……………俺は…………シャリフが、好き」

丸腰の告白。それが今、芳那の唇から初めてこぼれ落ちた。

目の前の端正な顔が、これ以上ないくらい驚きに塗り替えられる様子を冷静に見つめる。

不思議なほど心は凪いでいた。

本当に、もうずっと前からシャリフを好きになっていた。

それは、慣れないマハールでの日常の中で、あたり前のように自然に芽生えた感情だった。

この胸のうずきに理由と名前を与えるとしたら、もうそれしか思い浮かばない。

いつから好きだったのか、いつまで好きなのか、もうそんなことはどうでもよかった。

今、彼を心から愛おしいと思う。

誰よりもそばにいたくて、傍にいて欲しいと願っている。

触れられると苦しくて泣きそうになるのに、触れられていないと不安で寂しくてたまらなくなる。

好きだった。どうしようもないくらいに好き。

すべてを明け渡す覚悟を決めて、芳那はさらに言葉を連ねていく。

「シャリフにどんなひどいことをされても、それでもこの国にいたいって、お前のそばにいたいと思ってる。シャリフが……好き。愛してる」

たとえ己の未来にどんな苦難が待っているとしても、耐えられると思えるほどに。

なにを失っても、誰に咎められても、もう隠しようもないこの強い想い。

そして、こんな告白をしてしまったことを、芳那は心の中でザーヒル弁護士に謝罪した。

もちろん自分がシャリフの妻に相応しくないことは理解している。

でも、そんなすべてを知ってなお、どうしても譲れない想いがここにある。

そして……。

この告白が、シャリフの心をいたく動かしたことに芳那は気づいていなかった。

「……芳那」

王子は慈しむように后妃を見つめ、そして温もりを分け合うために抱きしめて頰を寄せる。

彼の瞳は今、感極まったように潤んでいた。

「芳那、わたしは……もう、ずっと待っていた」

「待っていた？　えっと………なにを？」

「………お前がわたしを、愛していると伝えてくれるのを………ただ待っていた」

「え？」

どういう意味だろう？

「芳那自身が心からわたしを愛する覚悟を決めてくれたのなら、そのときが、わたしもこの想いを告げるときだとずいぶん前から決めていた」

「だから、それはどういう……意味？」

そしてついにシャリフの真実の告白が、頰を愛おしげについばむ唇から伝えられる。

「わたしも、もうずっと以前から……芳那を、愛している」

決意のような告白に息を飲んだ芳那は、腕を突っぱって相手から距離を取った。

ちゃんとシャリフの表情を見なければ、本気かどうかわからないからだ。

「芳那がわたしを好きになるより、ずっと前から愛していた。たぶん、お前より先に」

「そんな！　どうして？　なぜ今まで言ってくれなかったんだよ」

ずっと苦しかった。自分だけが片恋をしていると思っていたのに……。

「怖かったんだ。もし、わたしが芳那を愛していると告げれば、きっとお前は契約のことを鑑みてわたしに従おうとするかもしれない。それが怖かった。想いを強制するのでは、始まりとなんら変わらないからわたしにとっては本当に意味がない。そうだろう？　お前の弱みを握って好条件を与え、金でわたしに服従させたときと同じなんだから」

「シャリフ……」

「……わたしは、最低の男だな」

確かに彼が言うように、自分の気持ちに整理がつく前に想いを告げられていたら、立場の優位のせいで彼に強制されているように感じたかもしれない。

だからシャリフは、芳那の気持ちが追いつくのを辛抱強く待ってくれていたのだろう。

「わたしは芳那を愛していると気づいたとき、お前にも本心からわたしを愛して欲しいと願った。だから、どうしても自分から想いを伝えることができなかった」

ようやくシャリフの憂慮していたことが理解できた。

「それに、生涯わたしの妻でいることはきっと耐えがたい苦痛が伴うはずだ。少なくとも、この国にいた間に、芳那はそれを思い知ったはずだ。辛くても耐えられると、それでもなお、お前がわたしを選んで添い遂げる覚悟を決めてくれたなら、そのときこそ初めて、わたしは本心を伝えられると思っていた」

あふれる歓喜で胸が詰まって、芳那は上手く息さえ吸えなくなる。

「先に言わせて、すまなかった。でも……芳那、わたしはずっとお前を愛していた。だから……一生、わたしのそばにいて欲しい」

「シャリフ……」

「多分、お前が心配しているだろうからはっきり言っておくが、わたしは芳那以外の誰もいらない。生涯、伴侶はお前だけでいい。だから……ずっとそばにいると誓ってくれ」

それはまるで夢の中で何度も聞いたプロポーズの言葉だったが、にわかには信じられない。

芳那のそんな様子を見ていたシャリフだったが、いったんその場を離れると、芳那の居室にある机の引き出しを開けて、中からなにかを持ってきた。

それは、この偽装結婚においての、芳那側が持っている契約書だった。

婚姻の一年後、シャリフが王位継承権を得たあとに二人は離婚すると書かれたそれを、シャリフは豪快に破り捨てる。芳那の目の前で、忌々しげに。

そして、こうつけ加えた。

「わたしの分は、もうとうに燃やしてやった。さぁ芳那、お前の答えを聞かせてくれ」

嬉しかった。ここで命が果ててもいいと思えるほど。

それでも、芳那はすべてを手放しでは喜べなかった。なぜなら……。

「……シャリフ、でも……きっと、ザーヒルが許さない」

男が生涯に一度と決めた一世一代のプロポーズをしたというのに芳那の返事がそれで、シャリフは少しがっかりした。

それでも冷静な芳那らしいと笑う。

「だろうな。でも、時間をかけてなんとか説得してみせる」

シャリフは安易に笑っているけれど、ザーヒルを説得するのは至難の業だろう。

ただ、救いはある。

彼は子供の頃から王子を見守っていたわけで、シャリフにはめっぽう弱かった。

だから、なにか良策を考えてくれるかもしれない。

「あと。シャリフ……俺は……世継ぎは産めない」

一番、気に病んでいることを告げた。

「さっきも話しただろう？　宰相もわたしが知らないと思っているが、わたしには腹違いの弟がいるんだ。王位は彼の嫡子に譲るつもりでいる」

芳那はやはりどこか抜け目のないこの次期国王の将来の展望にすっかり舌を巻き、それでもようやく晴れ晴れとした顔でうなずいた。

拒絶するのが最良だと頭ではわかっているが、まったく実行できそうにない。

シャリフの言葉は言霊《ことだま》のように芳那の心の真ん中に浸透して、冷えた芯を日だまりの陽光の穏やかさで温めていく。

「シャリフ」

なにを犠牲にしても、誰に咎められても、たとえこれが間違いだとしても、自分はこの手を離さないと誓う。

きっと、辛いことも多いだろう。

でも、どんな未来が待っているとしても、シャリフがそばにいれば越えていけると思った。

彼を、心から愛しているから。

芳那はシャリフの厚い胸にぎゅっと抱きついて、背の高い夫を見あげる。

甘い甘いキスをして欲しいとねだってみせる。

「芳那………いいか？」

「ん。キスしても、いいよ」

幸福そのものといった表情の芳那が、可愛らしく唇をツンとさせて目を閉じる。

「いや………だから………キスもしたいが、わたしは……抱いてもいいかと訊いているんだ」

「え？」

今、そんな空気だっただろうか？　と、芳那は目を見張るが、答えは決まっている。

「だいたいお前のその下着姿がいけない。色っぽすぎて目の毒だからな。芳那のせいだ」

理不尽な苦情の中にも愛おしさしか感じ取れず、芳那は幸福をあふれさせるようにふふっと笑って、一つだけ願望を口にする。

「いいよ。抱いても……でも、だったら、一つだけお願いがあるんだ」

「なんだ？」

「えっと………抱いている間、ずっと………」

「ずっと？」

「あの……だから。ずっと、『好き』って……言ってて」

今度はシャリフが目を細め、高まる鼓動のままに芳那の肩を抱き寄せる。

「あぁ、言ってやる。ずっと言ってやるから、お前もわたしにして欲しいことを、全部言葉にして言うんだぞ。いいな」

「うん、わかった。ちゃんと『して』って言うから。約束」

「あぁ約束だ」

そして芳那は、シャリフの手を引いて自らの褥に招き入れた。

だが、そんなふうに軽く約束をしてしまったことを、芳那はすぐに後悔することになる。


薄い下着をわざと時間をかけて脱がされて、互いの素肌が触れ合う感触に酔いしれる。

「さぁ芳那、望みどおり、全部脱がせたぞ。次はどうして欲しい？」

先刻の約束どおり、芳那はして欲しいことをすべて言葉に変えさせられている。

もちろん、ちゃんと言えたらご褒美とばかりに、『好き』をもらえる。

芳那の最初の要求は、『全部脱がせて』。二つ目は『触って』だった。

「次はどうして欲しい？　言わないと、いつまでもこのままだぞ」

シャリフは大きな掌で、なめらかな白い肌をでたらめに焦らすように撫でていく。

時折、指先が胸の小さな花芽を引っかけていくたび、呼気に甘やかな声が混じった。

「ぁ……ぁん。シャリフ、ぁ…んぅ。や……意地悪、意地悪っ！」

「なにが意地悪なんだ。こんなに優しく触ってやっているのに」

すっかりシャリフに慣らされた肌は、やわやわと撫でられるだけでは満足なんてできない。

「触るだけじゃ……ぃ、やだ……して。お願い……」

「なにを？」

「だから、舐めて……」

つっと、乳輪の周囲の、肌色と濃いピンク色の境目をぐるりと舌で舐められる。

「ぁ…んんっ！　ちがっ……違う、違うよ！　そこじゃ、なぃ……」

「じゃあどこだ？」

今度は指で乳輪のやわらかい肉をふにふにと悪戯されて、目視できるほどに腰が震えた。

「ぁぁ……あん」

「可愛い芳那。お前が好きだよ。さぁ、約束だから言ってみろ。どこを舐めて欲しい？」

恥ずかしくてたまらないけれど、言わなければ永遠に舐めても噛んでももらえないまま、ただなぶられ続けるだけだと知っている。

「ん………ん、そこ……ち……くび…舐めて」

「だから、さっきから舐めてやってるじゃないか」

シャリフはもう一度、尖らせた舌先で乳輪を強めに舐めねぶる。

わざとか偶然か、時折乳首を舌先がかすめるだけで芳那の屹立がぴくっと跳ねた。

「ぁ……ぁんぅ……違う。そこじゃなっ……乳首の、ここ……この、先……舐めて」

淫らに胸を突きだし白い指が自らの乳首を差し示すと、シャリフはそれでも首を傾げる。

「ちゃんと自分で触って、どこを舐めて欲しいのか目で見せてくれないとわからないな」

「もう、お前っ……最低！　変態！　馬鹿っ」

「なんだ？　今は芳那がわたしにおねだりをしているのに、そんな下品なことを言うなんて。お前は王子の后妃なんだから、もう少し上品にしていろ」

「誰が、そうさせてるんだよ……！」

「舐めて欲しくないのか？」

芳那は唇を血が出るほど噛みしめ、そろそろと自分の乳首を両手の指で摘みあげた。

「ぁ……ぁぅ」

「おいおい、自分の指にすら感じていたら、わたしに舐められたらどうなるんだ？」

「ぁ、やだっ、ここ……早く。舐め……て。舐めて……早く……な…ぁ。ぁ！　あぁん」

自らの指の腹で絞りだした乳首の先が、ようやく長い舌にざらりと舐めあげられて思わず手を引く。

すぐに、『離すな』と咎められた。

括りだされた乳首を指ごと舐められて我慢も利かなくなって、芳那の両足が敷布の上で焦れて蠢く。

「気持ちいいみたいだな？　芳那はここを、わたしに舐められるのが、好きか？」

「ん…すごく、気持ち……ぃぃ。シャリフに……乳首……舐められるの、好き……好き」

すでに硬く屹立した芳那の雄は、甘い蜜によって鈴口を押し広げられてあふれ返っている。

「ふふ。こんなにこぼして……いやらしくて可愛い芳那。お前が好きだよ」

「ん……俺も、好き。シャリフが…ぁん、ぁぁ…ん。ぃぃ。でも、噛まれるのも、好き…」

シャリフは妻の告白に満足げに笑うと、力の抜けた芳那の両手を敷布に縫い止めた。

今度こそ本格的に乳首を唇で挟み、頬がくぼんで窄まるほど吸いあげ、ぴんと伸びた敏感な状態で乳首の側面を前歯でいきなり噛んだ。

「ぁ――――っ！」

本当に信じられないが、今の刺激で芳那は呆気なく頂点を迎えてしまって荒い息を吐く。

「芳那……もう？　嘘だろう？　そんなに噛んで欲しかったのか？」

シャリフは芳那の腹に散った体液を、まるで掌で愛撫するように腹部に塗り広げていく。

「や…だ……シャリフ。それ……やだよ。ねちゃねちゃしてて、恥ずかしい……」

「ふふ、恥ずかしがっている芳那はたまらないな。それで、次はどうして欲しい？」

わかってるくせに。

「もう……して。シャリフが、欲しいよ。中に、きて……」

「どうして欲しいのか、ちゃんと具体的に言わないとわからないな」

「だから……中を、指で……して」

「ん？　どうやるんだって？」

「だから！　この…中を……」

芳那は自ら足をゆるりと開いて、シャリフを受け入れる小さな窄まりを見せつける。

耳朶を赤く染めて顔を背ける朱に染まった妻の表情に、王子の喉がごくりと鳴った。

「ここの、中……ジェルで…濡らして、やわらかくして。それから……挿れて」

「なにを？」

今夜のシャリフは頑なまでに最初の約束に忠実で、そろそろ芳那の機嫌が本気で悪くなってくる。

「シャリフの馬鹿！　意地悪！」

「ひどいな。芳那が好きだから、イジメたくなるんだよ。わかるだろう？　好きなんだ」

これはずっと、自分だけの片恋だと信じて疑わなかったから、「好き」という言葉は芳那にとってどんな蛮行でもすべての免罪符となる。

だから、その言葉と引き替えになら、なにをされてもかまわないと思えた。

「うん……好き？　俺が……好き？」

「あぁ、好きだよ。芳那が大好きだ。だから、わたしのなにを、挿れて欲しいんだ？」

ぷっと頬を膨らませる顔が可愛くて、シャリフは愛しげに頬を撫でながら言葉を催促する。

「だからっ！　シャリフの……これ。この……ぃのを、中に、挿れて……」

芳那はシャリフの耳元に唇を寄せて、泣くような声でつぶやいた。

「わかった。ちゃんと言えたな。いい子だ芳那。好きだよ」

「うん……俺も、好き……好き」

「お前は本当に可愛い……芳那。好きだ」

シャリフはチューブを搾《しぼ》って、ジェルを指先にたっぷりとのせると、芳那の両膝を立てさせて狭い窄まりに指をくぐらせる。

「あん……やぁ」

長い指が媚肉を押し広げて蠢きながら押し入ってくると、さっそく襞が内側から絡みつく。入り口で何度も抜き差しを繰り返し、わざと奥まで埋めずに途中までを何度も往復させた。

「やだ……シャリフ。違っ………ぁ、ん。お願い、もっと……」

「いや？　どうしていやなんだ？　やめて欲しい？」

シャリフの逞しい肩に両手を伸ばしてしがみつくと、耳の中に舌を入れられ、舐めながら可愛いと囁かれる。

その甘さにうっとりとしていたら、知らないうちに指が増やされた。

「ぁん！　……ぁぁ………ぁ」

「どうした？」

「中に……いっぱい、入ってる」

「ふふ。そうだな。芳那の中は熱くてやわらかくて、わたしの指はすぐにでも蕩けそうだ」

ぴちゃぴちゃという音がねぶられている耳の中で鼓膜に直接響いて、その快感と抽送される指の動きがシンクロして、いやらしい錯覚が起こった芳那の口から淫靡な喘ぎが漏れる。

「ぁぁ……ん。ぃぃ……もっと、舐めて……」

「いくらでも舐めてやる……」

シャリフは思いだしたように、芳那の胸でツンと尖った可憐な蕾を、長い舌の根元からぞろっと舐めあげた。

「あ！　ぁぁん…違っ……そこ、も、だめぇっ……」

ぐんと腰が快感に浮きあがって、シャリフは呆気なく指を引き抜く。

「次は、どうして欲しい？」

問いかける声はひどくかすれていて、芳那の官能を揺り動かす。

さっきから太股に触れている硬い竿が、鈴口だけでなく幹ごと濡れているのを感じる。もう限界なのは互いに同じだと教えられ、シャリフにも余裕がないことが嬉しかった。

「さぁ、芳那……早く言ってくれ。次は、なにが欲しい？」

シャリフはそんなふうに問いかけながらも、我慢が利かないといった顔で血管をまとってかちかちに勃起した竿の先端を、小さな窄まりにこすりつける。

「ぁぁ……それ、早く……挿ってきて。中に……お願い、シャリフ……」

焦らすように何度も何度も秘唇を往復するだけで、口を割ってくれなくて切なくなる。

「欲しいなら言え、欲しいと言ってみろ。芳那っ」

命じているのに、まるでそれは願望のように鼓膜に響いてくる。

「うん。欲しい……して。シャリフのその……硬いの、中に挿れて、いっぱい中をこすって」

とうとう待ちきれないシャリフの怒張が、小さな口を乱暴に散らせて刺し抜いてくる。

「ぁ！　……ぁぁ」

「……芳那、好きだ。芳那……わたしにはもう、生涯お前だけだ」

すべてを灼きつくすほどの凄絶な快感が、芳那の腰から背筋をたどって一気に這いあがった。

「う…ん。知ってる。俺も……シャリフだけ……ぁ、あ！　……ぁぁぁ」

狭い粘膜は抵抗することもなく悦び、やわい襞で深くまで竿を誘い込もうと蠢く。

でもシャリフは芳那の負担を考え、しばらくは浅い部分で腰を揺すって、中がなじむのを理性を総動員して待った。

それを焦らしと受け取った芳那が、待ちきれなくて泣きながら首を打ち振る。

「シャリ、フ……ぁん。だめっ……もっと、奥。ぁ……も、そっちは、だめ。や……やぁ」

腰を甘く揺すり立てながら、器用に腰を折って乳首を吸うと、芳那は痩身をしならせた。

「っ……どう、した？　なにが……だめ、なんだ？」

ちゅっ、ちゅっとわざと粘つくいやらしい音をたて、交互に乳首を吸って舐めて噛まれる。

「ぁ――――！　や、ぁぁ……乳首、気持ちぃ……だめ、いや、ぁぁ……ぃぃ」

「ふふ。どっちなんだ？　やめて欲しいのか？　それとも、もっと吸って欲しいのか？」

焦らすように、中ほどまで進んだ怒張がそこで動きを止める。

すぐに熟れた肉襞の全部が、猛々しい竿を奥へ奥へと導こうと絡みついて締めつける。

「ぁぁ……お前の中は……たまらない。さぁ、言えよ。本当にやめて欲しいのか？」

言葉を求めるシャリフの声は熱い息にまみれていて、そのことに一気に喜びが込みあげた。

自分の身体の中で気持ちがいいと感じてくれているのが、これほど嬉しいなんて。

本当にシャリフが好きなんだと、愛しているのだと思った。

「ちがっ…やめないで。違う……もっと奥、ぁん……ぁ、だめ。だめ。もっと深く、来て」

わざと浅いところで抽送を繰り返す意地悪な男の腰を、芳那は我慢できずに両手でつかんだ。

そのまま引き寄せて、もっと深いところまで挿って欲しくて躍起になる。

「お願い……もっと、奥……奥まで、来て……欲しいよ。お願い……して、して」

「ふふ……言ったな、芳那。あぁ、わかった。お前の望み……ちゃんと叶えてやる」

シャリフは限界まで押し開いた細い両足を肩に掲げると、いよいよ本気の抽送を開始する。

上から抉るように腰を突き入れ、抜ける寸前まで引いて、中がそれをさせまいとどん欲に窄まってしまうのを狙って、今度はぐっと突いて襞を押し開く。

「ぁぁぁ！　ぃぁ……シャリフ…ぁん。深い……ぁあ、ぃぃ。奥が……気持ち…ぃぃよぉ」

「わかってる。奥だな？　何度も奥まで挿ってやる……ほら、どうだ？　深いか？」

「ぅあ、ぁん……ぁ、ぁ、ぁ！　やだ。もぅ……だめ」

「どうした？　芳那……なにがだめなんだ？　ん？」

何度も何度も中の敏感な粘膜をこすり立てて抉られて、もう正常に思考など働かない。

頭の中のすべてが、気持ちのいいことしか考えられなくなっていた。

「お願い……も、もぅ……ぁ、ぁぁ……シャリフ」

限界なのは同じだった。

「な……んだ？」

「イ…かせてよ……ぁん。ぁ……ねぇ、お…願い」

「どう……やって？」

とことん、意地悪なシャリフに、芳那はすっかり降参して白旗を振る。

もう、イかせてもらえるなら、どんな破廉恥な言葉を吐くのも厭わないほど飢えていた。

「シャリフの……この……中に挿ってる、太くて硬いので……いっぱいこすって…イかせて」

芳那が声を震わせてせがむと、まるで褒美を与えるように腰を押しつけられた。

もっと結合が深くなって、未知の最奥を拓かれ、あまりに感じてひりついた喉で喘ぐ。

「ぁぁ…ん。いぃ……いぃ。シャリフ、お願い……一番、気持ちいいところ……こすって」

「こうか？　ここがいい？　それとも、ここか？　どうだ芳那」

シャリフは角度を調節して腰をまわし、わざと前立腺を避けたところばかり亀頭で突く。

「いや、いやいやいや！　違っ…そこ、じゃな……ぁ、お願……もう、意地悪しないでぇ」

「わからないな。どこを……突いて、欲しいんだ？」

「だからっ……一番、気持ちいい、ところ。お願い」

「ふふ。どこだか……わか、らない」

「やだっ！　意地悪……しないで。お願い……もぅ、して、して、して！」

「しょうがない奴だな。お前がして欲しいのは……ここか？」

「ひ！　ぁ――――！」

「ここ…だろう？　もっと、か？」

「ぁ、あふっ……そこ、そこ……もっと、もっとこすって」

「なにで、こすって欲しい？」

今の芳那は、もう、どんなはしたない言葉を口にすることも、望むままだった。

「シャリフの……その…．硬くて、太……ぃので……こすって、お願い」

「ふふ……よく言えたな。いいよ。してやる……ほら、だったら、わたしの腰に足を絡めて

みろ。いくぞ」

涙や汗や、いろんなものでびしょびしょに濡れながら、全身でシャリフにしがみついた。

同じリズムで激しく揺れて乱されて、芳那の頬に薄く笑みが刷かれる。

一番好きなところばかりを狙ってこすって突かれて抉られて……また泣いたらめまいがした。

死ぬほど気持ちよくて、たまらなくて、叫びだしてしまいそうなくらい感じていた。

「いいか、芳那。お前の中は、熱くうねってわたしに絡みついてくる。たまらないよ」

「ぁぁ……ぁん。いい。すごく……深い……気持ちいい……シャリフの、好き」

「おい、芳那……わたしはどうなんだ？　これが、好き…なのか？」

「うん……どっちも、好き。シャリフ……も、中に入ってるシャリフのも……好き」

寝台が軋む音がいっそう激しく大きくなって、そこにシャリフの感じ入った短い息が混じるのが聞こえて、芳那も嬉しくて嬉しくて死にそうになった。

「っ……芳那。中に、出すぞ」

「ぁ、ぃぁぁ……ぁ――！」

シャリフが芳那の喉に顔を埋めたとき、大きな波が二人を同時に喜悦の彼方へと連れ去った。

好きな人に愛されることは、これほど幸福なのだと全身が感じていて、また涙があふれた。

幸せだった。

「芳那……お前を、愛している」

二度と
好きだという気持ちをはばからない。偽らない。

凍えるときを越え、ようやく手に入れた温かい想いを、もう二度と離さない。

本当に幸せだった。これ以上ないくらい。

「うん。うん……好き、俺も……シャリフを、愛…してる」

愛し合えることの幸福と歓喜が二人を満たしていく。

「なぁ芳那。だったら、もう少し頑張ってくれよ。今夜は朝まで寝かさないから」

「いいよ。ずっと抱いていて……ずっと、ずっと離さないで」

「あぁ、芳那。もう一生、お前を離さない」

あとがき

——偽りの結婚から始まる最後の恋。

今回の作品テーマはズバリこれでした！　なんだかゲームのキャッチコピーみたいですが、プロットを書いていた去年の春頃、ずっとこういう偽装結婚の話を書きたいと思っていたので、プロットが通ったときはすごく嬉しかったことを覚えています。

前回、三角関係モノを書いていた反動もあってか、今回はがっつり相思相愛でお互いがお互いを好きで好きで仕方ないのに、本気になってはいけない……っていう少し切なくて甘い恋愛関係を書けたのはとても新鮮でした。

皆様には、偽装結婚をした二人が互いの新しい面を発見するたび、少しずつ惹かれ合って気持ちが深まっていく様子を見届けていただけたら幸いです。

さて、芳那とシャリフですが、きっとこの先もラブラブ甘々なおしどり夫婦なんじゃないかなって思います。これまで私はいろんな攻を書きましたが、このシャリフ王子は、普段の私が得意とする「キチクでドSな攻」の中でも、比較的に甘くて優しい攻だと思いますが……常連様、いかがでしょうか？　あ、エッチのときは別ですけどね（笑）。

今回も挿絵を描いてくださった兼守美行先生、表紙絵の芳那がとにかく可愛くて色っぽくて、そしてチラ見えですが黒の貞操帯まで描いてくださいました。よく見るとシャリフ王子の首からは貞操帯の鍵が下がっていて「いやぁ～いやぁ～、シャリフったらエロ～い」って無駄にはしゃいでしまいましたよ！　大変ご多忙の中、本当に素敵な挿絵をありがとうございました。

この貞操帯ですが、きっと嫉妬深いシャリフのことだから時々、いやがる芳那に「浮気は許さない」とか言って無理やりはめてそうですよね。で、焦れた芳那が……。いや～、きゃ～！　…………ほんとすみません。

あ、それから軍服のナディールがめっちゃ格好よかったので、いろいろ想像してしまいました。はぁ～。

なんだか最後はとりとめもない萌話ばかりになって申し訳ありません。それでは次回、シャレード文庫の新刊で、またお会いできたら嬉しく思います。

早乙女彩乃

早乙女彩乃先生、兼守美行先生へのお便り、
本作品に関するご意見、ご感想などは
〒101-8405
東京都千代田区三崎町2-18-11
二見書房　シャレード文庫
「砂漠の王子と偽装花嫁」係まで。

本作品は書き下ろしです

CHARADE BUNKO

砂《さ》漠《ばく》の王《おう》子《じ》と偽《ぎ》装《そう》花《はな》嫁《よめ》

【著者】早乙女彩乃《さおとめあやの》

【発行所】株式会社二見書房
東京都千代田区三崎町2-18-11
電話　03(3515)2311[営業]
　　　03(3515)2314[編集]
振替　00170-4-2639
【印刷】株式会社堀内印刷所
【製本】ナショナル製本協同組合

落丁・乱丁本はお取り替えいたします。
定価は、カバーに表示してあります。

ISBN978-4-576-13036-1

http://charade.futami.co.jp/